El pájaro

Juan Abreu
El pájaro

bokeh ✳

ISBN 978-94-91515-78-1

El autor ha reescrito los relatos que integran este libro. Por tanto, considera estas versiones finales y definitivas.

Juan Abreu
Sant Cugat del Vallés, abril de 2017

Para mi madre.

Pontiac

La catástrofe inminente nunca llega de golpe porque está transcurriendo siempre.

Reinaldo Arenas, *Otra vez el mar*

.

Un día luminoso

La mujer tiene alrededor de setenta años, paso firme, figura sólida. Viste un *short* hasta la rodilla y una blusa de tela fresca, ligera, apropiada para el riguroso verano del sur de la Florida. Calza unas zapatillas de piel tejida, cómodas. Lleva el pelo húmedo, recién lavado, recogido en un moño redondo, que atraviesa una peineta.

Sale de la panadería La Fortuna, en Flagler St. a la altura de la 21 Avenida, con una libra de pan cubano en la mano izquierda. Pasos cortos. Cruza el reducido espacio de estacionamiento del sucio *shopping center* donde se halla la panadería. Parte un trozo de pan con la mano derecha y se lo lleva a la boca con gesto distraído.

En la acera, mordisqueando, gira la cabeza a derecha e izquierda. Observa el tráfico.

El cielo ámbar de la mañana pende sobre ella como un techo. Un día luminoso, tibio de enero que comienza. Los coches transitan veloces. Camina con paso firme hasta el centro de la calle y se detiene sobre las marcas amarillas que separan los carriles.

Allí, espera.

Un viejo Pontiac de 1956, macizo y extemporáneo en una ciudad donde conducir un vehículo de más de cinco años de antigüedad significa una vergüenza pública, se aproxima. Cuarenta millas por hora, al menos. El límite, un ápice más tal vez, de la velocidad permitida en la zona.

La mujer continúa pellizcando, masticando el pan. Tararea una melodía inaudible. Se pasa la mano por el pelo, ajusta la peineta. La mano al descender roza la blusa y va a colgar junto al cuerpo. Un ademán corriente, destinado a poner en orden su aspecto.

Aguarda.

Ladea un poco la cabeza, como si saludara.

LAS CARTAS

Seis meses antes, a principios del mes de agosto, la mujer está sentada en la sala de la casa que comparte con su hijo mayor, Lucas. Frente a ella, en la pantalla del televisor, *Vidas tronchadas*, la telenovela de moda. Todo Miami, a esa hora, es una extensión de *Vidas tronchadas*. Cinco y treinta. El bochorno anaranjado y caliente del atardecer entra por la ventana. El ventilador zumba removiendo el dorado escozor. La luz, como carne floja, cuelga sobre los muebles.

Los otros dos hijos viven cerca, con sus mujeres e hijos. Puede llamarlos por teléfono, lo que hace a menudo, y en cinco minutos estarán allí. Le gusta. «La gallina cacareó», suele decir, sonriendo, cuando acuden presurosos.

Está preocupada porque no recibe noticias de su hermano. El hermano permanece en Cuba: un comunista adorador del sistema —«el liderfalo lo penetró», dicen los hijos al respecto— que, con el tiempo, comprendió que la hermana exiliada diez años atrás, primero en Madrid y luego en Miami, podía enviarle medicinas que necesitaba para un hijo enfermizo, y eso pudo más que sus convicciones ideológicas («ahora sólo se mete la puntica»: con esta frase definían su nueva actitud los hijos). Las cartas arribaban pidiendo medicamentos primero, luego casi cualquier cosa. La última misiva solicitaba un vestido para la celebración de los quince años de la hija y especificaba no sólo las medidas de la jovencita sino la tela en que debía estar confeccionado. Organza, satín, encajes. «Mi hermanita», encabezaba las cartas y la mujer no podía contener las lágrimas cada vez que las leía. Los hijos protestaban de lo que llamaban «el descaro infinito de ese tipo», pero acababan siempre facilitando a la madre el dinero necesario para comprar lo que solicitaba su hermano. Y pagar el envío.

—Es un hijoeputa, lo sé, pero es mi hermano —arguye Luz, que así se llamaba la mujer. Y eso era todo lo que tenía que decir al respecto. Abriendo mucho los ojos color café. Enredando al máximo las intrincadas redes en torno al borde esponjoso, blanco manchado de la esclerótica.

—Pero ese hombre, para conseguir un bono con el que comprar un televisor ruso, nos hubiera denunciado, metido en la cárcel… —ripostaban los hijos cada vez que resurgía el asunto. Cuando les informaba del más reciente pedido. Al llegar nuevas cartas. Que cada vez arribaban con mayor frecuencia.

Así fue durante un par de años. Hasta que las misivas cesaron meses atrás.

—Algo le ha pasado —murmura la mujer como interpelando al galán de la telenovela. Un tipo de bigote y melena negra, que en ese momento se inclinaba para besar sin ganas a una rubia de ojos verdes profusamente maquillados y gigantescas pestañas postizas.

Un perro llega desde el cuarto meneando el rabo. Chiquito y feo, de aire asustadizo y cola de alambre. Va, sin preámbulos, hacia el sillón donde Luz está sentada y de un salto se acomoda en su regazo. Hociquea entre sus manos. Toc toc toc el rabo contra la madera del asiento. El aire es morado dentro de la habitación. Escamoso como la piel de un dragón, diría el más joven de los hijos, que escribe cuentos y novelas. Los tres escriben cuentos y novelas, pero sólo el más pequeño definiría el aire de la habitación de aquella manera. Le gustan las historias fantásticas.

Lo cierto es que la habitación reverbera. Un tizne rojo producido por el atardecer se frota contra las fotos que cubren la pared, el altar lleno de imágenes de santos —Cristo en la cruz, San Lázaro, Santa Bárbara, San Juan Bosco, la Virgen de las Mercedes; velas rojas y verdes, muñecas—, contra los muebles, la bombilla, el retrato del marido muerto y los nietos vivos, la planta de malanga que cuelga del techo. Cenizas.

Siseo de la tarde, oleaje, tiempo quemado.

Acaricia al perro.

A las muñecas del altar les arde el rostro. Diez o doce, de diferentes tamaños y atuendos, todas rubias. Limpias. Impecablemente peinadas y vestidas. Enfermeras, azafatas, bailarinas, patinadoras. Zapaticos lustrados. Charol. Lazos. Azabaches. Una de largas trenzas. La luz chispea en los ojos de cristal, haciendo las mejillas rubicundas, saludables.

El galán abraza con falsa pasión a la ojiverde. Las pestañas alámbricas le arañan la mejilla.

—Algo le ha pasado —repite la mujer.

Años antes.

Esperaron tres horas a Luz y a Miguel, el hijo de Gabriel. Vuelo Madrid-Miami. Tres años de exilio madrileño. Y gracias que España concedió la visa que les permitió salir de Cuba.

Luz permaneció en la isla, cuidando al nieto. Los hijos escaparon antes, en botes, en balsas. ¡Sálvense ustedes que son jóvenes!, decía la madre. Vivió cinco años como una apestada en su propio país, sólo porque quería irse.

Escapar de la isla, reunirse por fin, no importa dónde, clamaron por casi una década. Ahora había llegado el momento.

Aeropuerto. Cubículos acristalados. Refrigerados. Altos policías rubios. Otro también alto, trigueño, cubano. O *hispanic*; cualquier cosa que eso fuera. Cintas plásticas, postes metálicos. Detrás los familiares esperando. Negros corpulentos, voluptuosos: los maleteros. Centelleos metálicos, gotas de sudor charolado. Trasiego, gritos.

Luz apareció, ansiosa. Desorientada entre los viajeros, todavía con el grueso abrigo puesto. Madrid azotada por una feroz ola de frío. Record de pulgadas de nieve, aquel año. Una maleta vieja, grande, opaca, en una mano, y una caja de cartón atada con cordeles, en la otra. El pelo ahuecado. Tenue tinte caoba. El rostro mustio, desencajado. *Le tengo pavor a los aviones.* Zapatos de aspecto desabrido; duros, regalados. La cartera atravesada sobre el pecho. También regalada. El niño asido firmemente al abrigo.

El niño tenía el cuerpo esmirriado y una cabeza grande con pelo para dos cabezas. El rostro era el mismo de Gabriel a esa edad, diez años. Los ojos verdeamarillentos. O grises. Cambiantes. Llevaba bufanda, y la mano con la que se agarraba al abrigo de Luz, enguantada. Con la otra, desnuda, aferraba una pequeña maleta como quien aferra un país. No apartaba los ojos de ella.

Una expresión difícil embargaba su rostro: mezcla de ansia y terror. Zapatos gastados en las puntas. Ortopédicos.

En cuanto los distinguió. En el molote de cien manos, cincuenta risas. La mujer empezó a llorar. Sin ruido. Lágrimas de cristal por los flashes de las cámaras. Entrando por los cauces de las arrugas.

¡Mima! ¡Mima!, voceó Hernán y alzó el cuerpo de su hija, de apenas un año, embutida en un mono rosado, por encima de las cabezas, para que su abuela pudiera verla por primera vez. Lucas también lloraba, disimuladamente. El rostro de Gabriel no expresaba nada. Fijos los ojos en la caja de cartón que sostenía la madre. Y en los zapatos de su hijo.

Péndulo. Pasitos cortos. La multitud, las maletas, impedían avanzar en línea recta. Dos pasos en una dirección. Uno en otra. La caja de cartón golpeó a una mujer, que se volvió, pero no dijo nada. Un niño, vestido como un maniquí, con un enorme avión plástico en el extremo del brazo en alto, comenzó a saltar entre los viajeros.

–¡Nos estrellamos, nos estrellamos!

Mamá maniquí trató de hacerlo callar. Papá ejecutivo se compuso la corbata sin mirarlos.

Por un momento, Gabriel tuvo la extraña sensación de que su madre y su hijo no querían llegar a la salida, de que preferían estar en esa tierra de nadie del pasillo, mezclados con los otros pasajeros, suspendidos entre dos países.

Pero, cuando se despejó el camino, vinieron derecho hacia el lugar donde los esperaban. Lo primero que hizo Luz al llegar junto a ellos fue soltar la maleta, la caja de cartón: cargó a Mónica.

–Es igualita a tu padre que en paz descanse. A su abuelo –dijo sin parar de llorar, dirigiéndose a Hernán.

El hijo seguía aferrando el abrigo, la maleta. Ahora miraba la alfombra gastada, azul de la terminal.

–Miguel –dijo Gabriel, de pie a su lado.

El niño continuó mirando la alfombra, inmóvil.

–¡Miguel, ése es tu padre! –exclamó Luz–. ¿No me dijiste que querías llegar a los Estados Unidos para estar con tu padre que hacía muchos años que no lo veías? ¡Dale un beso a tu padre!

Alzó los ojos. Se miraron.

Los llevaron directamente a la casa.

Desde el expressway vieron las puntas de los rascacielos del downtown miamense clavarse en las nubes bajas, iluminándolas. O mordidas por las nubes bajas, iluminándolas. Le entregaron la llave. Estacionaron al frente, junto al pequeño jardín. Caminaron expectantes por el sendero de cemento.

–¿Quién vive aquí? –preguntó la madre.

No obtuvo respuesta.

Metió con dificultad la llave en la cerradura, abrió, entraron. Recorrieron la casa encendiendo luces. En la sala había un televisor, un sofá, dos butacas, una reclinable, frente al televisor, y un poster enmarcado de un paisaje de Manet, de una exposición en el Museo Metropolitano de Nueva York. En el comedor una mesa rectangular –mantel de hule a cuadros rojos y blancos– y seis sillas, un pequeño aparador con espejo; dos reproducciones –Verano y Primavera– de Arcimboldo, enmarcadas. En los dos cuartos las camas estaban tendidas; en la mayor de las habitaciones, el lecho tenía una sobrecama de chenille. El refrigerador de la cocina era nuevo, las hornillas eléctricas, la tostadora, la batidora y el microondas, también.

–¿Quién vive aquí? ¿Hernán? –volvió a preguntar mirando las caras divertidas de todos.

–Tú vives aquí –respondió por fin Lucas, después de una larga pausa.

Luz no dijo nada. Fue hasta la sala y se sentó en la butaca, mirando la pantalla muerta del televisor. Miguel no se despegaba de ella.

—¿Es en colores? —indagó, esta vez sin mirar a nadie.

—¡Pero claro, Mima! —le contestaron a coro.

Entonces se puso a llorar otra vez sin apartar la mirada del rectángulo gris color agua estancada, susurrando algo que al principio no pudieron entender porque a las palabras las cortaban los sollozos y todo el mundo decía algo como no llores o qué es eso Mima este no es momento para llorar o pero qué llorona es esta mujer o Lucecita este es un momento de alegría por fin estamos reunidos todos por fin y la cara de Miguel inexpresiva exacta a la de su padre el día que se fue de Cuba y la niña empezó también a llorar con berridos contundentes y poniéndose colorada y mira ya has puesto a la niña a llorar se ha asustado vamos Mima ¿qué es lo que no te ha gustado? y ella protestando con la mano y murmurando tratando de explicar que no que no que no era que algo le hubiera disgustado y Hernán diciendo a Elsa llévate a la niña al comedor a ver si se calma y la letanía se fue haciendo cada vez más comprensible a medida que la mujer se apaciguaba y el llanto remitió hasta que fue posible entenderla claramente y lo que estaba diciendo era: yo nunca he tenido tantas cosas yo nunca he tenido tantas cosas yo nunca he tenido tantas cosas...

Los tres hijos escribían. Desde pequeños. Poesías, cuentos, al principio, y luego novelas. En el caso del mayor, Lucas, novelas enormes que conforman un ciclo con el que se propone abarcar la historia de la familia. Remontándose al primer tatarabuelo catalán que arribara a la isla. Gabriel, el del medio, prefiere los cuentos o la novela corta de tono feroz e iconoclasta, mientras que Hernán, el menor, se inclina por las fábulas y las aventuras fantásticas. Un OVNI que aterriza en pleno Carnaval de la Calle Ocho y secuestra –por piedad hacia los humanos– a la famosa cantante Pestefán para injertarle la voz de la difunta Elena Burke: eso le resulta un tema sumamente atractivo. Imposible encontrar el origen de semejante afición literaria. No existe un sólo antecedente de ese tipo en la familia. Lucas ha rastreado hasta el primero de los Torres, cuando aquello Torret, en la Cerdaña profunda, sin hallar rastros de ningún escritor. Ni siquiera de un aficionado a la lectura de buena o mala literatura.

Los progenitores apenas sabían leer y escribir: les tocó una infancia ardua, sin escuelas, repleta de trabajo duro. El padre, mientras vivió, trató por todos los medios de disuadirlos de semejante locura: «Aprendan algo útil –les decía cada vez que tenía una oportunidad–, una profesión, un oficio del que puedan vivir». Más tarde, cuando comprendió que sería inútil, culpó siempre a Lucas de haber influido negativamente en los hermanos. Y eso estuvo entre ellos hasta el final.

En sus postreros años, durante las diarias e interminables partidas de dominó en el patio de la casa de algún amigo del barrio, solía lamentarse con sus compañeros de juego a propósito de cómo sus hijos –ahora lejanos, desperdigados por el mundo– habían perdido la vida con «esa mierda» de la literatura. «La escribidera», como la bautizara. «Muchachos inteligentes», afirmaba con voz agrietada por una desilusión resignada, «que podían haber llegado lejos. A ser médicos, abogados».

La madre, sin embargo, pensaba que una pertinaz mala suerte se cebaba en ellos, o que el destino había sido injusto: sus hijos lo que necesitaban era una oportunidad que, primero el sistema de la isla por razones políticas, y luego –cuando al fin pudieron establecerse en Miami– la mediocridad, el materialismo enfermizo y el desprecio por la cultura del Exilio, les negó. Devoraba cuanto manuscrito concluían. Y cuando pasaban a verla, un par de veces a la semana, antes de ir a trabajar, era rara la ocasión en que no inquiría, ladeando la cabeza con gesto cómplice: Y bueno… ¿cómo va esa novela? Asistía paciente y atenta –salpicándolas de vez en cuando con una exclamación, o un comentario– a las tertulias que los hermanos celebraban religiosamente todos los domingos. Y vivía esperando el instante del triunfo, que no debía tardar en llegar.

–¡Son genios!– exclamaba orgullosa a todo el que estuviera dispuesto a escuchar.

Los hijos se ganaban la vida en diferentes oficios. Si se les preguntaba, respondían que eran «esclavos». De la Avis, una compañía dedicada a rentar automóviles, en el caso del pequeño. El mayor aseguraba servir en calidad de «esclavo» como cajero de un popular restaurante. Mientras que Gabriel afirmaba sufrir estoicamente su esclavitud a manos de un Supermercado Publix, donde se desempeñaba como carnicero. Cuando hablaban de la actividad que realizaban para ganar dinero jamás la catalogaban como trabajo, sino del tiempo perdido en la «plantación». La palabra trabajo la empleaban exclusivamente para hablar de labores literarias.

Todos los domingos se reunían para leer fragmentos de la obra que los ocupaba. A veces se veían obligados a saltarse algún fin de semana por problemas de «esclavitud». Pero ocurría raramente. La madre no faltaba jamás a una de esas tertulias. Los hijos ejercían la crítica enérgicamente, y no resultaba extraño que al concluir la lectura uno de ellos, alguno de los otros, dijera: Chico, eso es una mierda, se te está reblandeciendo el cerebro...

–¡A estas alturas copiando a García Márquez! ¡por si no te has enterado hace años que Macondo apesta! Ahora hay que copiar a De Lillo y a Foster Wallace...

A continuación discutían por horas. La madre seguía los intercambios divertida o alarmada, aunque sabía que al final siempre llegaban a un acuerdo sobre qué cambios harían o no en el texto criticado. En ocasiones reía a carcajadas con las ocurrencias de Hernán, o dejaba escapar una lágrima siguiendo las peripecias de las sagas familiares de Lucas, que en parte le había tocado vivir. A los relatos de Gabriel reaccionaba con inquietud combinada con secreto deleite. Porque si bien disfrutaba el humor ácido y las críticas acerbas a la sociedad, y al género humano en general, del segundo de sus hijos, no podía dejar de concluir que con esos textos no se convertiría en un escritor famoso en esa ciudad. Todo lo contrario.

Esas tardes dominicales pasaban ondulando, tibias, como cuerpos infantiles.

El día se aplomaba al terminar. Las cagarrutas de las nubes, inmóviles, parecían incrustadas contra la superficie esmaltada del cielo. Cielo impoluto de metal tenso, a punto de romperse. En el patio, las sombras proyectadas por las ramas de un árbol avanzaban lentamente, como humedad que carcomiera la tierra recalentada, la amarillenta hierba.

Estaban sentados en sillas de plástico, alrededor de una mesa del mismo material, bebiendo cerveza. Reuniendo fuerzas, decretó Lucas, antes de marchar a sus respectivas esclavitudes. Los turnos de trabajo, de los tres, coincidieron casualmente ese mes. El patio de la casa de Luz hacía las veces de cuartel general para los hermanos.

—Pero que descarado es ese tipo —comentó Hernán luego de una larga pausa.

Fósforos. Mueca. Enciende un cigarro.

—Sigue siendo tu tío —tos. Lucas encendió otro.

—Qué tío ni que pinga —Gabriel movió su silla, apartándose del humo expelido por los hermanos con una expresión de asco.

—Eso no lo hace menos descarado.

La tarde comenzó a pensar en la proximidad de la noche.

—Un hijoeputa.

Y se refrescó levemente.

—Tradición familiar.

—Coño no hables así Gabriel, la familia es la familia.

—Familia pinga.

—Se ve que te gusta, no te la sacas de la boca, je, je, je…

—Tía no es mala gente. Acuérdate cuando nos quedábamos en su casa…

—Me acuerdo, de cómo nos hacía sentir que sus hijos eran superiores, cómo nos humillaba.

—Bueno.

—Bueno pinga.

—Gabriel tiene razón… a nosotros nos gustaba ir allá porque era como un palacio comparado con nuestra casa, y esos maricones tenían juguetes, camioncitos, hasta un tren eléctrico tenían… los maricones de los hijos… tus primos… y nos lo restregaban todo por la cara; teníamos que mirar como ellos jugaban sin poder tocar los juguetes… ¿ya se te olvidó?… tus primos…

—Vete a singar…

—…que ahora son comunistas; nos trataban como criados… ¿te acuerdas?…

—Te acuerdas del día en que el comemierda ese, el más chiquito de los dos, caminando por Santos Suárez se metió contra un poste de hierro y se le hizo una pelota enorme encima del ojo…

—Jajajajajajá…

—El muy comemierda lo embistió de frente… jajajá… con los ojos abiertos…

—Con aquellos espejuelones que usaba… ¡y no veía ni pinga!

—No me extraña que luego se hicieran del Partido. Los dos.

—Llegó a teniente en el ejército uno, y el otro a capitán o no sé a qué mierda…

—Unos verdaderos mamalones. Pipo siempre lo decía. Esos primos de ustedes son dos comemierdas. Pipo tenía un ojo clínico del carajo para los comemierdas… yo creo que los olfateaba.

—No vieron un bollo hasta que se casaron. Ése era el problema. Toda la gente que no singa termina en el ejército… o en el Partido Comunista.

—O de curas… para prohibirle a los demás singar…

—¡Pero si los curas son lo que más singan! ¡Léete a Aretino!

—Yo fui el que te lo recomendó…

—¡Oye eso!

—Voy a traer otra cerveza.

–No para mí, ya estoy bien… (Lucas)

–Sí, otra… (Gabriel)

El olor de la noche: a zapatos mojados, a agujero en la tierra, a hojas machacadas, a semen seco sobre las hojas de un libro, a lona de catre, iba penetrando en el patio con pequeños resoplidos. Todavía débil.

–Bueno, y el *aguacero* ése cae o no cae…

–Jajá, del carajo ponerle *El aguacero* a una novela –dándole la botella de cerveza a Gabriel y sentándose.

–No está tan mal…

–Mejor que *La cucaracha policía*, sin duda alguna.

–Ese es un título provisional, pero así y todo es mejor que el tuyo.

–De pinga… yo no sé de donde coño este saca esas cosas. ¿Y la cucaracha va de uniforme o es de la Seguridad del Estado y anda de paisano?

–De paisano, es de la Seguridad…

–Me lo imaginaba. Y la entrenó el Fifo en persona.

–El Entrenador en Jefe. Tú sabes que él es de todo.

–Hasta inseminador. ¿Se acuerdan de cuando se pasaba los días metiéndole el brazo en el culo a las vacas aquellas? Y retratándose en el acto…

–En el culo no, en el bollo. Publicaba las fotos en el Granma. Un enfermo el tipo…

–¿Cómo se llamaba la vaca aquella de la que estaba enamorado? A la que le hizo una estatua cuando se murió…

–Ubre Blanca…

–Bueno… me hiciste una pregunta antes que se pusieran a hablar mierda. Límpiense la boca y escuchen; ya deben estar al llegar las pruebas de galera, después que las revise, la cosa demora tres semanas máximo. Así que *el aguacero* cae el mes que viene.

–Qué bien… y cuánto te cobró Al Capone por fin…

–Casi tres mil.

—De pinga.

—Un delincuente total.

—Ya sé, pero un libro no existe hasta que no se publica. Lezama lo hizo, por qué no un comemierda como yo...

—Yo estoy ahorrando a ver si puedo publicar *El factor Pestefán*... aquella en la que unos extraterrestres secuestran a los Pestefán...

—Esa es buenísima.

—Pero no me decido a pagarle a ese bandido.

—No queda otro remedio. Ya hemos hecho *todas las muecas posibles*. El último paquete que mandé a una editorial en España me costó setenta y cinco dólares. No les interesa, esa gente sólo quiere publicar a ex-esbirros, ex-colaboradores, ex-comunistas, gente que está en Cuba, ministros del castrismo, oportunistas, arrepentidos y, por supuesto, a la hija de Fifo.

—Y ese Marino tiene la cara dura de dárselas de benefactor de la cultura.

—El alcalde le dio una proclama hace poco declarando no sé cuál el «Día de Marino Gómez», por su contribución a la cultura.

—Coño, avísame que día es ese para no salir a la calle... o al menos salir sin la cartera. Con esos dos ladrones operando juntos...

—¡Mira que ese alcalde es descarado! Y la gente lo reelige...

—Si no es un delincuente a la gente no le gusta. Aparte de que no hay políticos que no sean delincuentes...

—Términos sinónimos.

—En mi novela lo pongo como un trapo...

—Ya la estás acabando ¿no?

—Me falta poco para la primera versión. Ahorita la termino y todavía no han cogido al Violador...

—El otro día salió en la televisión el alcalde... por lo del Violador de la Calle Ocho. Ya ha matado catorce muchachas... Con esa cara de mamalón profesional salió...

—No les importa… ese Violador sólo mata prostitutas pobres. Al contrario. Ese racista jefe de la policía debe dar una fiesta cada vez que aparece un cuerpo tirado en la cuneta.

—Seguro.

—Pues si nada más que mata putas, el alcalde debía ponerle doble protección policial a su mujer…

—Ahhjajajajajá…

—Es verdad, la tipa parece una bailarina de go-go…

—No jodas que no está tan buena… ¿no has ido al gogó del Palmetto? Lo que hay ahí es crema de mamey… ¡unas niñas que se la paran hasta a Miguel Barnet!

—Eso tendría que verlo.

—No exageremos…

—¡Y chuuuuusma!…

—Una chusma de altura la alcaldesa.

—¡Y bruta! El otro día estaba en el programa de radio de Marta Búcaro y decía cosas más estúpidas que la Búcaro; no, la verdad es que le sacaba bastante ventaja… y ya ustedes saben que es mucho más fácil ir caminando hasta la Luna que…

—¡Qué horror! Y uno paga impuestos para mantener a esa lacra social…

Hernán bebe un trago.

Lucas expele humo.

Gabriel se tapa la nariz.

—…

—¿Ya Mónica les representó lo del Moco Volador?

—Tres veces la última vez que fui a tu casa. Hasta que no cambie el repertorio no vuelvo. A no ser que hagas chilindrón de chivo que entonces la cosa cambia…

—Coño, hace siglos que no como chilindrón.

—Pues compra el chivo y lo hacemos.

—Así que tú invitas y yo compro el chivo, no jodas…

—A mi me parece que la Mónica está loca como una cabra.

—Eso es lo bueno… ¿quién quiere ser normal?

—Por qué no la pones a coger clases de teatro…

—Para artista muerto de hambre yo, no quiero que termine por ahí mamándosela a los productores… ella que estudie medicina, que sea abogado… cualquier estupidez…

—Coño no, cualquier cosa menos abogado.

—Va a ser lo que va a ser y tú no lo vas a poder impedir.

—Veremos.

—Lo del Moco está buenísimo…

—Ahora está escribiendo un cuento sobre una caca. Una plasta de mierda. No ha querido decirme si es humana o de qué…La Caca de Caramelo es el título que le ha puesto…

—Escatología pura… ¿por qué no le das a leer a Bukowski?

—Está muy chiquita todavía… loca y alcohólica, eso sí sería demasiado. Ese Bukowski sí era un caballo… escribía unos cuentos pingúos de verdad.

—Bestiales.

—Lo de él era escribir, templar y emborracharse… casi una descripción del paraíso. Aunque faltarían unos chicharrones de puerco. ¿No? (Mirando el reloj) Cojones ya me tengo que ir a limpiar carros…

—Y yo a lidiar con esos borrachos… Hasta las mil y quinientas.

—Al menos tú puedes leer allí…

—Verdad.

—Ustedes no saben lo que es eso. Esa gentuza… las conversaciones… lo que no oigo desde la caja me lo cuentan los camareros. Sólo hablan de dinero, de las queridas, de las bombitas, del Viagra y de los negocios con Cuba. Todos están en lo de las compañías que mandan paquetes… o metiendo mercancía de contrabando en la isla en combinación con aquellos hijos de puta, claro.

—Es un asco…

—Son unos singaos.

—Los cubanos somos la última escoria de la humanidad.

—Peor que los norteamericanos…

—Que ya es mucho decir…

—…

Beben. Terminan las cervezas.

—Y hablando de singaos… ¡le roncan los cojones mandar a pedir un vestido para la fiesta de quince de la hija!

—No, y especificando las telas que quiere.

—Ah, ¡pero vuelven con lo mismo!

—Mima nunca tuvo quinces. Ni dieciséis, ni doce, ni diez.

—Es un chantaje. Hacen algo por ti, o creen que lo hicieron, y luego te quieren cobrar toda la vida con el cuento de que son la familia… ¿y a mi qué pinga me importa eso?

—Hablemos de otra cosa.

—No, ese tema nos encanta.

—Que sale Mima y los oye… ya saben que está preocupada porque no sabe nada del hermano.

—Mima está viendo *Vidas Tronchadas.*

—Todavía Pipo que toda su vida trabajó como un mulo para nosotros; él sí que se merecía cualquier cosa… Siempre estuvo ahí. Jodiéndose y cargando sacos y cajas porque el hijoeputa del padre, tu abuelo…

—Nuestro…

—Yo renuncié a esa mierda hace rato… lo puso a trabajar y lo explotaba como un esclavo mientras mandaba a los hijos de la otra mujer a la escuela; los señoritos. Por eso hizo bien en no ir ni a la funeraria cuando murió. Yo tampoco fui, por eso. Que vaya a que le den por culo después de muerto. Los muertos no se vuelven buenos porque se hayan muerto. Siguen siendo unos hijos de puta, pero muertos. Estar muertos sólo los hace menos dañinos.

–Ustedes se acuerdan del día que se apareció allá en el barrio y Mima nos llamó para que saludáramos a «nuestro abuelo» y nos escondimos y no aparecimos hasta que se fue…

–Y la pobre Mima buscándonos como una loca.

–Claro que me acuerdo…

–Nos metimos detrás del escaparate, cómo no me voy a acordar…

–Qué horror… ayer estábamos detrás de ese escaparate y hoy estamos aquí quedándonos calvos y casi todo el mundo está muerto…

–Bueno, eso de calvos ponlo en singular… tú te estás quedando calvo…

–Verdad… yo tengo un montón de pelo.

–Todavía, cuando pienso en eso, puedo sentir el olor del escondite detrás del escaparate…

–Sí, Proust…

–Y la mierda no acabará nunca… para parodiar a Van Gogh.

Los arbustos, las hojas, formaban un seto que los protegía de las miradas de los vecinos. Ahora son moradas las hojas. Relucen, como untadas de aceite.

Lucas, consultando su reloj:

–Hora de irse a servir a los borrachos…

(Gabriel mira hacia arriba al incorporarse. Termina la cerveza).

–Miren eso, las nubes parecen mierda… ¿se acuerdan?… cagarrutas, bolitas de chivo.

(Levantan las cabezas).

–Coño, verdad.

A dúo.

En octubre Lucas publicó su primera novela, titulada *El agua-cero*. Que en realidad era la segunda de un grupo de cinco que proyectaba. Consideraba las obras independientes unas de otras, así que no importaba mucho en qué orden fuesen apareciendo. Hubiera preferido que los lectores siguieran de forma cronológica las peripecias de los personajes y que, en consecuencia, tuvieran una visión de conjunto más coherente de la época descrita –casi cien años en la vida de una familia cubana–, pero trabajaba en cada novela según la inspiración, o las facilidades de investigación. La primera, por ejemplo, resultaba la más atrasada, dada la compleja tarea de recopilar información de época, extremadamente detallada. Mientras que la última, por abarcar una realidad cercana, cuyas vivencias tenía frescas, estaba casi concluida.

Reunió dinero durante años para poder pagar al editor local por la publicación. Después del rechazo de varias casas editoriales españolas, decidió que no valía la pena perder tiempo y dinero mandando los voluminosos manuscritos a través del océano, algo que además costaba una suma considerable. Tampoco le apetecía participar en uno de los millonarios concursos auspiciados por algunas de esas editoriales en la península ibérica. Había vivido en Madrid el tiempo suficiente para saber que la mayoría de esos certámenes, los más importantes, estaban amañados, y se otorgaban de antemano a escritores comprometidos con las mismas empresas que los premiaban: una burda maniobra comercial. No quería hacerse falsas esperanzas.

Ante cada uno de aquellos rechazos, Luz, enfurecida, lo consolaba en las tertulias domingueras exclamando:

–¡Cretinos, no saben lo que se pierden! ¡Imbéciles! Algún día se arrepentirán, pero será tarde. Ustedes no se preocupen –aconsejaba con tono rotundo y alzando las manos como para detener la acometida, en tropel, de las preocupaciones–. ¡A Proust le rechazaron la primera novela, tuvo que pagar para publicarla!

Había leído acerca de las penurias del escritor francés en alguna revista, y blandía la información ante la mirada divertida de los hijos, como un arma.

La tarde del acto de presentación amenazaba uno de esos feroces aguaceros, cargado de rayos y centellas, que a cada rato se abatían sobre la ciudad. Las autoridades, para hacer el asunto aún más alarmante, emitieron un alerta de tornado.

Luz, desde temprano, encendió velas a Santa Bárbara, que controla las tormentas, pero a medida que se acercaba la hora del inicio del acto, como el tiempo no mejoraba y las amenazas de un casi diluvio estaban a punto de materializarse, comenzó a desbarrar contra Santa Bárbara primero, y después contra el panteón africano y católico completo; transcurridos unos minutos contra el planeta y sus veleidades atmosféricas, a continuación le tocó el turno a Dios y sus cortes celestiales, y ya en el automóvil en que viajaban hacia la sede de Ediciones Galaxia, al Universo entero.

—Se trata de una conspiración contra mis hijos —mascullaba y contemplaba el cielo, ennegrecido a través del cristal de la ventanilla.

Los insultos funcionaron pues la tormenta demoró. Al menos hasta que hubo empezado el acto y todo el que iba a acudir lo hizo. Después se desató furiosa. Humeaban los pavimentos recalentados. Las carrocerías de los automóviles chasqueaban al contacto con el agua fresca. La ciudad, como de costumbre, se inundaba: su sistema de alcantarillados es uno de los peores del mundo; pero Luz —arrellanada en su asiento de primera fila del pequeño salón de actos—con el rostro resplandeciente, contemplaba arrobada a Lucas. Este estaba instalado detrás de una pequeña mesa, frente al público compuesto por diez personas, la mitad de las cuales de alguna forma emparentadas o relacionadas con el escritor. La prensa cultural, poca y mediocre, estaba ausente. La fecha de la presentación del libro coincidía, por desgracia, con la apertura de un restaurante de los famosos cantantes Pestefán en South Beach, y estaban todos los periodistas asignados a aquel evento.

Al escritor lo acompañaba Carlos Veguitas, un literato amigo –rostro de perro de aguas, mustio, espalda encorvada y aspecto canijo–considerado, gracias a sus habilidades para las relaciones públicas, una estrella local. En los últimos tiempos, Veguitas disfrutaba de la admiración del mundillo literario porque había conseguido, mediante una turbia relación con la anciana traductora francesa encargada del proyecto, que uno de sus cuentos fuese incluido en una antología de la literatura cubana publicada en París. Los tres Torres le llamaban cariñosamente La Monja, porque se las daba de asceta. Lo que le servía para disimular todos sus complejos, mezquindades y resentimientos.

También se hallaba a la mesa el dueño de la Librería Júpiter y la Casa Editorial Galaxia, Marino Gómez, un hombre extremadamente delgado, pellejudo, de huesos gigantescos y prominentes; rasgos mortecinos, rostro caballuno, nariz ganchuda y una campechanía que era una impostura que él mismo había terminado por creerse. Lo apodaban «El Sapo» Gómez. Una paradoja, porque en la fisonomía del editor podían hallarse reminiscencias de un chipojo, un gavial, una araña o un marsupial, pero jamás del batracio del apodo.

El Sapo improvisó un breve discurso lleno de lugares comunes, exhortando a los presentes a comprar el libro y de esa forma mantener y apoyar la cultura de los exiliados cubanos. Después Veguitas leyó un par de cuartillas sobre la obra de Lucas; la segunda comentaba la novela que los reunía aquella tarde. La primera estaba dedicada a hablar de él mismo, lo que pensaba de la vida, la literatura y otros temas.

A Veguitas, que redactaba en una prosa monocorde y plana, le sudaban las manos. Gabriel y Hernán, sentados en primera fila, junto a Luz, temían que no pudiera terminar la lectura pues las palabras —elucubraban— se difumarían al contacto del abundante sudor. Hicieron un par de comentarios burlones al respecto, en voz muy baja, pero Luz los mandó a callar con un gesto.

Lucas leyó un fragmento de su libro. La madre lo contemplaba con los ojos brillantes. *Toda la mierda que se publica por ahí, toda la gente famosa que gana millones escribiendo mierda y mi hijo, ¡un genio!, tiene que pagar por la publicación de su novela.* Rumiaba mentalmente, pero al mismo tiempo estaba feliz. Oronda, al presenciar cómo el pequeño pero selecto público —pensaba— reconocía y admiraba la labor de Lucas.

Cuando concluyó el acto se sirvió vino barato de California, croquetas, pastelitos de carne, jamón, coco y guayaba. Luz paseaba entre los presentes hablando de las excelencias del libro de su hijo, y contando anécdotas acerca de la precocidad de Lucas, que desde muy chiquito, aseguraba, se pasaba la vida leyendo mientras los otros chiquillos del barrio andaban por ahí mataperreando y perdiendo el tiempo.

Se vendieron tres libros.

Cuando salieron, entrada la noche, había escampado. El olor de la lluvia, el mundo mojado traía un aire triste que danzaba en las luces de los autos.

La madre dijo: ¡Esto hay que celebrarlo!

Y se fueron a comer al restaurante Versalles.

Allí, en algún momento de la velada, que transcurrió entre bromas, burlas a propósito del nivel cultural de la ciudad y críticas venenosas a otros escritores, la madre mencionó por vez primera el asunto.

Dijo, sin dirigirse a nadie, hablando consigo misma, y sus palabras se perdieron en la algarabía reinante:

—Ustedes lo que necesitan es un Gran Tema.

Y continuó comiéndose tranquilamente su sandwich cubano.

CARNE

Carnicería de Publix. Tarde. Público aglomerado. Gabriel y sus dos ayudantes no daban abasto para atender a los clientes. La espera se hacía larga. Para empeorar las cosas el mediano de los Torres no lograba concentrarse. El tema de la novela en la que trabajaba lo absorbía completamente. Se hallaba en el último capítulo, ¡en el desenlace!

No podía apartar el discurso, que afloraba a su mente como si alguien lo dictara. Pletórico de resonancias e imágenes. Le dedicaba todas sus horas libres a ese discurso. En cuanto dejaba el delantal ensangrentado corría a casa y se encerraba a trabajar. La esposa, que antes lo interrumpía para pedirle que fuera al supermercado, llevara ropa a lavar o atendiera el teléfono, lo dejaba en paz desde que su marido solicitara un formulario de divorcio a un amigo abogado y dijera a la azorada mujer que la próxima vez que lo interrumpiera mientras trabajaba, lo hiciera con los documentos de divorcio listos para estampar su firma en ellos.

Desde entonces Clara, que lo adoraba, a pesar de que pensaba que estaba totalmente desquiciado, procuraba no molestarlo cuando se recluía en lo que llamaba su estudio. Un espacio poco mayor que un closet donde apenas cabían él y la terminal de computadora.

El libro que lo ocupaba, una novela negra, según la definía, contaba las peripecias de un detective miamense –Nick Santos– obstinado en descubrir a un terrible violador y asesino en serie al que la aterrorizada ciudadanía bautizara como El Violador de la Calle Ocho, ya que en esa popular arteria de la ciudad aparecían descuartizadas todas sus víctimas. El asesino existía realmente, y al tiempo que Gabriel redactaba la novela las autoridades locales y hasta el FBI trataban de atraparlo. Con poco éxito hasta el momento. La novela, escrita en un tono desolado y austero, pintaba un panorama siniestro y deprimente de la ciudad. Un lugar lleno de traficantes de todo tipo, prostitutas, delincuentes de cuello y corbata, estafadores, banqueros y políticos corruptos, empresarios inescrupulosos, tramposos profesionales, demagogos (estos sobre todo, líderes anticastristas cubanos), burgueses ignorantes, agentes de Castro, prensa superficial y provinciana, policía brutal y una población azotada por constantes choques entre los diferentes grupos étnicos, que se detestaban profundamente. No ayudaba mucho a este paisaje el hecho de que, en la novela de Gabriel, el degenerado asesino resultaba ser el alcalde electo de la ciudad.

Mientras cortaba unos filetes de carne de puerco para una dama cubana, Gabriel resolvía, con el ceño fruncido, la apasionante escena final, en la que su héroe, Nick Santos, un detective gigantesco, inadaptado y protestón, daba caza al asesino y develaba su identidad ante un numeroso público reunido en la alcaldía de Miami. En ese momento, una voz femenina, la de la dama que esperaba por los filetes, lo sacó de sus ensoñaciones.

—Podrías cortarlos más finos... por favor...

—¿Señora? —inquirió Gabriel, que se hallaba en ese momento en un tortuoso y oscuro callejón del puerto miamense, y no la había escuchado.

—Que si puedes cortar la carne más fina...

Largos años de entrenamiento, de control en este tipo de situaciones lo habían dotado de una paciencia infinita. Pero esta vez se dejó llevar por la incomodidad producida por la interrupción, intempestiva e inoportuna.

—Más fina —contestó con un dejo burlón—, pero distinguida señora, van a ser transparentes...

—¿Perdón? —exclamó la mujer al tiempo que reculaba indignada—. ¡No sea grosero!

—¿En qué he sido grosero? ¿Podría ser más específica?

—Específica... ¿qué quiere decir?

—Bueno –replicó el carnicero sonriente– específico quiere decir que es propio de una especie, de una cosa con exclusión de la otra, lo que en el contexto de nuestra charla nos remite a especificar la naturaleza de la grosería de la que, según usted, ha sido víctima. Aunque es muy posible que la subestime y, estimada cliente, en realidad pretenda, con exquisita sutileza, llamar mi atención sobre los excesos de la carne. Simbólicamente plantear: bistec fino igual a menos, menos carne igual a más espíritu. ¿No es eso? Traer a mi mente las palabras de San Juan cuando habla de la concupiscencia de la carne. Porque seguro conoce –¡oh amada consumidora, alma de esta sociedad!– y sigue con devoción las máximas de Guillermo de Saint-Thierry, que enseñaba que la carne debe tratarse con sobriedad pues sus anhelos se oponen a las intenciones del espíritu. Y no escapa a su atención, no me cabe la menor duda, que según Bernardo de Claraval la carne es el primer enemigo del alma; corrompida desde su nacimiento, aparece viciada por sus malos hábitos y oscurece el ojo interior... no en vano Gregorio Nancianceno la compara con una masa de plomo y San Pablo nos advierte que la carne nos arrastra hacia abajo y que debemos luchar constantemente contra los desórdenes que no cesa de producir... Ah, querida clienta –y al decir esto abrió los ojos y alzó el enorme cuchillo para acentuar el énfasis de la frase– usted tiene muy presente ¡y soy su deudor eterno por recordármelo hoy!, que para Hildeberto de Lavardin, santo caballero, la carne es fango pegajoso y sólo lograremos desprendernos de semejante inmundicia mediante la oración, la humildad, la compunción, la nostalgia del Reino de Dios...

En este punto la perorata de Gabriel fue interrumpida por la llegada del manager de la tienda, que –luego de detenerlo con un gesto angustioso– pasó un mal rato tratando de explicar la conducta de su empleado a la atribulada dama. Por suerte, Adalberto, el manager, era un buen amigo de Gabriel, y algunos de los clientes tomaron la alocución del joven carnicero como una broma, si bien bastante extraña, y rieron quitando importancia al incidente. Al final todo terminó con el obsequio de la carne a la clienta (suma a descontar del sueldo de Gabriel) a cambio de la promesa de volver a comprar con ellos, pues la enfurecida dama amenazaba con no volver allí jamás.

Aquel día, en cuanto concluyó su jornada laboral, poseído por el remolino de palabras que bullía en su interior, Gabriel corrió a casa y logró poner punto final a la primera versión de su novela. Casi veinte páginas de un tirón.

Exhaló un suspiro de satisfacción, de alivio, al escribir la última frase en la pantalla. La leyó con fruición:

Santos contempló el cielo de carne, pútrido, gravitar sobre la ciudad.

Después cerró los ojos y sonrió.

Podía ver la expresión entre regocijada y espantada que pondría su madre cuando escuchara aquello.

El teléfono sonó a medianoche. Luz contestó.

A Lucas no lo despertaron los timbrazos, sino los sollozos. Fue hasta el cuarto de su madre. Encendió la lámpara. Luz estaba sentada al borde de la cama, se tapaba el rostro con las manos.

Cuando Lucas preguntó qué pasaba, la mujer contestó, la voz cubierta de polvo: es Nardo, mi hermanito... se murió.

El hijo se acercó y pasó un brazo sobre sus hombros.

–Vamos... –murmuró–. ¿Cómo fue?

–Nada, estaba de lo más bien, sentado en la sala viendo la televisión y ahí se quedó, un infarto parece... llamó Nereida. Imagínate como está la pobre... vino a hablar con él, a preguntarle una cosa de la fiesta de la niña y ya estaba frío como un hielo... tieso...

–Pero tenía problemas del corazón, o algo...

–No, nada, nunca. Yo siempre se los digo a ustedes, que para morirse lo único que hace falta es estar vivo. Lo sabía, él siempre escribía, cuando dejó de escribir estaba segura que pasaba algo. Llevan semanas tratando de coger llamada para acá, me dijo Nereida, la pobre. Imagínate la niña, que cumple quince en dos meses... pobrecita.

–Mima, pero quién va a pensar en fiestas ahora...

–No, la niña no tiene la culpa y quince años se cumplen una sola vez en la vida... Hay que mandarle su traje a la infeliz. Con mayor razón.

Hizo una pausa para secarse el rostro con una servilleta de papel que le tendió el hijo.

–Mi hermanito, tan bueno, era el único que nos traía una cosita el Día de Reyes. Nos ponían un pedazo de carbón debajo de la cama... y yo y mi hermana que en paz descanse llorando porque los Reyes no nos traían nada aunque nos portábamos bien. Y al otro día se aparecía él, que era el mayor y ya trabajaba, a traernos una muñequita, cualquier cosita... – los sollozos fluían apretados haciendo estremecer los hombros, los grandes pechos.

–¿Un pedazo de carbón?... Nunca me habías dicho nada de carbones... para qué, por qué. Espérate que voy a coger con qué anotar eso. Ahora estoy escribiendo precisamente el arribo del barco con la familia a La Habana. La llegada de abuelo, con la primera mujer que se murió de tifus, antes de conocer a abuela y nacieran ustedes... ¿te acuerdas?...

–Cómo no me voy a acordar si fui yo la que te lo conté...

–Sí, bueno, claro... ¿Un pedazo de carbón? ¡Cómo no me dijiste eso!

Y mientras hablaba, se levantó a buscar lápiz y papel.

Hernán llegó temprano aquel sábado. Uno de sus dos días libres en la semana. Sostenía arduas batallas en Aves, la compañía que lo empleaba, para mantener los sábados y domingos como sus días de descanso. Todos los empleados querían descansar los fines de semana y como los descansos eran rotativos, se pasaba la vida haciendo malabarismos, intercambios con otros compañeros de esclavitud y así poder estar disponible para las tertulias domingueras. Los jefes lo toleraban, en parte porque trabajaba duro, y además porque nunca decía no cuando solicitaban que se quedara para hacer overtime, lo que sucedía con mucha frecuencia. Trabajaba de madrugada, en los turnos que los otros obreros detestaban y procuraban no hacer, lo que le granjeaba la simpatía y la buena voluntad de los superiores.

–Lo que quieran, menos trabajar el domingo... –decía siempre.

Tanto insistía que todos en la Aves estaban convencidos de que su obstinación en este punto obedecía a motivos religiosos.

Venía acompañado de Mónica, la hija de once años. Lo que trajo una amplia sonrisa al rostro de Luz. Alta para su edad, desgarbada y luciendo enormes espejuelos, no más poner un pie dentro de la casa, insistió en representar para la abuela las aventuras del Moco Volador. Su último cuento.

–¿Pero qué es eso del Moco Volador, Moniquita? –preguntó asombrada Luz, mirando al padre de la niña, con expresión angustiada–. Hernancito mijo, ¿tú crees que esos son temas apropiados para una niña que ahorita ya es una señorita? ¿De dónde saca esas cosas?

Hernán por toda respuesta se acostó en el sofá de la sala con expresión resignada.

–¡Qué sé yo de dónde saca eso! Es un cuento que ha escrito... tampoco voy a coartarle su talento Mima... hay que dejar que se desarrolle. ¡Mónica! Si le formas toda esa payasada a tu abuela te castigo! No te llevo a McDonalds…

–¿A quién le gusta esa bazofia?

–Mima no está para eso; se le ha muerto un hermano en Cuba…

–¿Cuál…? –se apresuró a contestar la niña arrugando la nariz e introduciendo el dedo índice casi completo en uno de los orificios nasales, pues ya se preparaba para actuar–, ¿al que le dio un infarto viendo un discurso de Fidel Castro?

–¡Niña!

–Me lo dijo tío Gabriel cuando estuvo el otro día en casa…

–Gabriel no le puede haber dicho eso… –exclamó Luz mirando a Hernán con cólera fingida.

–Claro que no Mima, son cosas que se inventa esta cabrona… es una hija de puta ¿no lo estás mirando?

Mónica, sin prestar atención al diálogo de los adultos, había iniciado la representación de El Moco Volador. El padre hizo un gesto de impotencia aunque era obvio que disfrutaba, orgulloso, de la actitud de la hija. «Está loca como una cabra», murmuró sonriendo como si esa condición mental fuera a reportarle algún tipo de ventaja en la vida. Como si equivaliera a un título de la Universidad de Harvard.

La niña, después de prepararse un espacio apartando muebles, para poder maniobrar, saltaba y se dejaba caer al suelo ejecutando una danza simiesca, al tiempo que pataleaba y tiraba de la piel de su rostro en todas direcciones. Alternándolo con las cabriolas y muecas antes mencionadas, se metía los dedos en la nariz. Sin dejar por eso de narrar las andanzas de su héroe.

–Érase una vez un Moco pequeño que no había podido estudiar ni ir a la escuela… –declamaba–. ¡ERA MUYYYY POOOOOBREEEE! Sus compañeros que sí fueron a la escuela porque tenían money, porque eran de familias ricas y no unos muertos de hambre como nosotros, vivían tranquilos porque habían aprendido en la escuela todos los trucos para no dejarse sacar de la nariz. Moco que sale de la nariz es moco muerto, igual que un pez fuera del agua… El Moquito chiquitico y pobre tenía que correr cada vez que El Papá (en este punto señaló al padre riendo con gesto diabólico) se metía los dedos en la nariz y trataba de sacarse los mocos…

–¡Mónica, te dije bien claro que me sacaras de ese cuento!

–¡AHHHHHH PERO UUUUN DÍA! –el alarido que pegó en este punto fue de tal magnitud que Luz se llevó las manos a los oídos– el Moquito no saltó a tiempo, estaba cojito, ¿sabes? –ahora saltaba alzando mucho las rodillas, cojeando histriónicamente y dando sonoras patadas en el suelo– y El Papá lo agarró y lo sacó para afuera… y La Mamá cuando lo vio le gritó ¡COCHINO! y este –señaló al Padre– le hizo así a la mano para esconderlo… disi-mulando… ¿sabes? y el moquito salió volando y le salieron unas alitas, Dios se las dio, y el Papá cuando lo vio dijo: ¡COÑOOÓ! ¡COJAN ESE MOCO PARA VENDERLO!

–¡Mónica, eso no es una gracia! ¡Lo has cambiado!

–…pero el Moquito, que ya era el Moco Volador porque le salieron unos músculos graaaaandes y estaba de lo más fueeeerte como Superman, salió volando y se fue al País de los Mocos, donde ningún Papá lo pudiera nunca agarrar. Y colorín colorado este cuento se ha acabado…

–¡Dios mío! ¡Qué cosa tan linda! –exclamó Luz tratando de contener la risa, que le brotaba como pelotas y rebotaba por toda la casa mientras abrazaba a la nieta tiernamente–. ¡Esta niña va a ser también escritora!…

–Sí, sí, dale alas, ríele las gracias… por eso está como está…

Hizo una pausa esperando que la madre concluyera de abrazar y besar a la nieta.

—Mima, deja a esa anormal y dime, qué tú crees de lo que leí el domingo… ¿es genial o qué?

—Genial…

—Pero la cosa de que al final el tipo saque todos los muertos con la vara de pescar del lago… ¿te parece bien? Y que se aparezca el Diablo montado en un burro igualito al presidente Bush y eso…

—Genial.

Sin abandonar del todo a la nieta, la mujer fijó la vista en el retrato del hermano recién fallecido, que ahora formaba parte del altar. Una vela blanca ardía frente a la fotografía. En ella, Nardo sonreía.

Después dijo:

—Todo eso está muy bien, pero les falta algo… un Gran Tema… que llame la atención sobre ustedes, que los haga por fin famosos.

Meses más tarde, cuando se reunían a recordar lo sucedido, estuvieron de acuerdo en que aquella fue la segunda vez que habló del asunto.

−Clara, soy Elsa…

−Ey, y qué… ¿ya dejaste al monstruo en la escuela?

−Ya… no sabes cómo está esa niña, insoportable…

−Me imagino.

… pero Rodolfo ¿no comprendes que no puedo tener tu hijo?… No me martirices, ¡voy a enloquecer! ¡Un bastardo jamás! ¡Tu padre nos matará!

−¿Estás viendo *Vidas tronchadas?* Si quieres te llamo más tarde…

−No, puedo verla mientras hablo…

… No llores mi amor, mi alma; no puedo resistirlo…tus lágrimas son joyas que no merece este mundo sucio… pero tienes que entender que es mi heredero… carne de mi carne… sangre de mi sangre… ya sabes que la arpía de mi mujer es estéril… ¡huiremos!…

−¿Y el Loco, ya está para la carnicería?

−Sí, entró temprano hoy.

−Qué suerte tienes que Miguel ya esté grande… ¡y lo bueno que les ha salido! Trabaja, estudia… nunca ha dado problemas, en este país eso es casi un milagro.

−Miguel es un santo… ni habla el pobre. No protesta por nada. Lleva la procesión por dentro. El otro día recibió carta de la madre, de Cuba, y no quiso leerla. Dice que su madre es Luz. Y yo estoy de acuerdo: ¡madre es la que cría! Parir pare cualquiera… cualquiera abre las piernas y se deja preñar.

−Y a ti qué te pasa, estás depre o algo… te noto agresiva.

−Bueno, no quiero hablar de eso.

… tu padre no lo permitirá jamás… ¡nos matará!… ¡es rico, poderoso!… ¡el destino de nuestro hijo es no nacer!

−Chica dile a esa mujer que aborte de una vez y que nos deje hablar en paz…

… ¡No!, no digas eso Magnolia del Carmen, antes me mataré yo también… moriremos los dos… yo y mi hijo…

—Qué te pasa, ¿tuviste bronca con el Carnicero?

—Si te coge diciéndole el Carnicero te mata. Se hace el humilde pero tiene un ego del carajo. No, él no pelea por nada, tu le gritas y él como quien oye llover. Es por lo del niño… nuestro… no quiere de ninguna manera. Ya hablamos el otro día de eso. Creo que lo voy a dejar Elsa. Yo lo quiero mucho, pero también quiero una familia. Ya él tiene a Miguel; que yo lo quiero y todo pero no es mío. Yo no tengo nada. Ayer me dijo que no le hablara más del tema, que él no iba a traer más muerte a este mundo, que ya se lo impusieron una vez y no lo permitirá de nuevo… que la gente que dice «traer una vida a este mundo» está equivocada. Que lo que están trayendo es más muerte. Que ya tiene bastante con los complejos de culpa por Miguel, que no va a condenar a otro ser humano a la mierda de este mundo… a tener que ir a trabajar todos los días, a la televisión… a los McDonalds… al Miami Herald… al programa de Don Francisco, a las canciones de los Pestefán …

—Es una familia de locos…

… ¡Rodolfo!…

—… que puedo salir y buscar alguien que me preñe… que él no tiene ningún problema con eso.

—¡No puedo creer que te dijera eso!

—Así mismo como lo oyes…

—Es un degenerado, perdóname que te lo diga. Aunque, pensándolo bien, tal vez tenga razón en no querer hijos. Mírame a mí con esta niña loca que salió a ellos. Si hubiera salido a mi familia todo sería diferente. Ayer llamó la maestra porque Mónica le dijo que el mundo estaba lleno de oligofrénicos, que la misma maestra era oligofrénica. Y que además la Virgen no podía haber parido a Jesucristo sin contacto sexual, que se tenía que haber acostado con alguien…

—La culpa es tuya por ponerla en una escuela católica… de ahí salen subnormales seguro. Creo que lo voy a dejar…

—A quién…

—A quién va a ser, a Gabriel.

—Por lo del hijo. ¡No seas boba! Sal y búscate a alguien que esté bien bueno y… ¿no es eso lo que te dijo que hicieras el muy degenerado?

—No puedo. Además, es que no es eso solamente…

—¿Hay más?

—Bueno, ya tú sabes lo de las alergias…

—No, ¿qué alergias?

—Ahora tiene alergia de todo lo cubano: los frijoles negros, la carne de puerco, la bandera, los boleros, el himno nacional… le dan diarreas si come frijoles, se intoxica con el puerco, se llena de salpullido cuando oye el himno, y vomita la gandinga si ve la bandera… ¡y qué decirte de los boleros!, dice que le provocan incontinencia… que se mea, y es verdad, se ha meado en la cama un par de veces porque he puesto, sin darme cuenta, a Benny Moré… ¿no es para volverse loca? ¿Por qué me tenía que tocar esto a mí? Con todos los hombres normales que deben haber por ahí…

… ¿y si envenenara a mi padre?, esa podría ser la solución a todos nuestros problemas… ¡su vida por la de mi hijo!

—No creas, no hay tantos. Pero la verdad es que tu marido está de electroshock mi amiga… ¿estás hablando en serio?

—Fíjate si es serio que ayer me llamó el doctor Ramírez, el viejito médico cubano tan bueno al que siempre vamos, ¿te acuerdas?, que una vez te lo recomendé cuando lo de la varicela de la niña… el que me curó el grano aquel que me salió en la nalga…

—Pero claro que me acuerdo… ¿para qué te llamó?

—¡Para decirme que lleve a Gabriel al psiquiatra!

—¡No!

–¡Sí! Gabriel se le apareció en la consulta hace unos días y le contó todo lo de las alergias… ¡imagínate! Ramírez piensa que necesita ayuda psiquiátrica pero Gabriel lo insultó cuando él se lo dijo; me llamó a mí para que lo convenza…

–Está como una cabra… yo siempre he pensado que está loco, esa es la verdad; pero una locura normal para su familia, la misma que la de mi marido o el otro hermano; pero esto es ya de ingreso… ¡de ingreso!

–…y eso no es todo…

–¿Hay más?

–Sí, hay más… ahora le ha dado por otra cosa, sexualmente, tú me entiendes… asquerosidades…

… *¡Rodolfo! ¡Cuánto te amo!*

–¿Asquerosidades?

–… el otro día cuando terminamos de hacer el amor me dijo que teníamos que ampliar nuestros horizontes eróticos…

–¿Y qué quería decir con eso?…

–Bueno, que… tú sabes, debíamos ampliar las posibilidades…

–¿Las posibilidades?…

–Si, por ejemplo, me habló de conseguir… oye Elsa, tú no vayas a comentar esto con nadie, me muero de vergüenza si alguien se entera. Te lo digo porque estoy desesperada.

–Soy una tumba. Nunca olvido que cuando lo de la gonorrea de Hernán tú no le dijiste nada a nadie. Ese es otro que bien baila… ¿Conseguir qué?

–Otra mujer…

–¡Otra mujer! No será para lo que yo me estoy imaginando…

–Para eso mismo… ¡qué asquerosidad!

… *¡envenénalo!*

–No lo puedo creer. ¡Es un degenerado! Pero… ¿qué es lo que quiere?… que tú lo hagas con ella y él mirar o algo así…

–No, que lo hagamos los tres juntos…

–¡Cristo de Limpia!

–No, yo me negué, pero ¡imagínate!

–¡Qué calvario el nuestro mi amiga! Una se sacrifica por un hombre, los mejores años de nuestras vidas y al final terminan queriéndonos poner a hacer tortilla…

… *¡mi amor!*

–No sé qué hacer. Y él dice esas cosas como si fuera lo más natural del mundo…

–No digo yo; el muy desvergonzado… ¡está loco para lo que le conviene! ¿Como la locura no le da por meterse a maricón? ¡No!, le da por templarse dos mujeres al mismo tiempo… ¿Y tú quieres tener un hijo de ese hombre? ¡No en balde Miguel luce tan traumatizado! Estás loca. ¿Y si es una niña y abusa de ella cuando sea una señorita?… De esos enfermos se puede esperar cualquier cosa. ¡Y yo que me quejo porque Hernán anda con alguna pelandruja por ahí!… ¡El mío es un santo comparado con tu marido!

… *¡Mi vida!*

–Ay Dios mío… Claro que no me obliga a nada, es sólo si yo quiero hacerlo…

–¡No, lo último sería que te obligara también a sus aberraciones! ¿Tú sabes lo que yo haría? Le diría que muy bien, pero que lo que tú quieres es otro hombre. ¡A ver que dice! ¡A ver si le gusta que otro te la esté metiendo delante de él, a ver…!

–Ya se lo dije.

–Ah, sí, y qué te contestó…

–Que estaba bien… Que tendría que hacer un esfuerzo, que no había superado totalmente «la barrera fálica», pero que haría un esfuerzo si eso era lo que yo quería… Está loco…

–¡No!

–Como te lo cuento…

–¡Chica pues yo tú me buscaba un negro con una buena manguera y se lo metía en la cama para que aprenda!

—¡Elsa!

—Chica, perdona, es que me saca de quicio lo que me cuentas… ¡Qué pervertido!

—¿Y tú crees que lo de las alergias sea grave?

—¡Pero qué alergias ni un carajo! Es un inmoral y un descarado…

… *¡Rodolfo!, ¿qué haces con esta mujerzuela?*

… *¡Papá!*

—¡Uyyyy, ahora sí que se formó! Te dejo Elsa, hablamos más tarde que acaba de llegar el padre de Rodolfo…

—¿Quién?

Lucas, acomodado detrás de la caja contadora, observaba el salón. Aquellos cabrones no pensaban irse y ya eran casi las doce de la noche. Mientras estuvieran allí no podría cerrar la caja, hacer balance y largarse. Llegaría muerto de cansancio. Tal vez no tendría ánimo para ponerse a trabajar. Y en caso de poder hacerlo, no rendiría lo mismo. Estaba ansioso por terminar con la llegada del San Bernardo a puerto. Por la pasarela descendería Avelino su abuelo, junto a otros doscientos nuevos emigrantes –cifra que coincidía con la histórica, según se ocupara de comprobar– en busca de fortuna. En busca de nuevas oportunidades en la Perla de las Antillas. El mar exhibía un azul profundo y limpio por aquel entonces. La brisa atravesaba el puerto como un pájaro; los paseantes, luciendo sus mejores galas, andaban sin prisas en dirección a la catedral, a las tabernas del puerto, llamados por la música que flotaba en el ambiente y que parecía salir de todas partes.

–Cianuro debían haberles puesto en el pargo a la sal –farfulló Lucas echando un vistazo al libro que mantenía abierto, al alcance de la mano, en una de las divisiones del mostrador–. Borrachos… –añadió.

Estaba contento porque al fin su novela estaba publicada. No pasaría nada con ella, pero ahí quedaba, que era lo importante. Publicarla significaba liberarla, desprenderse de ella. Dejarla ser. Ya no podría desaparecer por accidente: un fuego, una inundación, un terremoto o lo que fuese. No conseguía deshacerse de estos temores, que procedían de otros más concretos, experimentados en el pasado, en la isla, cuando se veía obligado a esconder los manuscritos suyos, de sus hermanos, y de otros amigos para que no cayeran en manos de la policía política. El caso es que la inquietud respecto a la supervivencia de sus manuscritos no desaparecía hasta que conseguía darlos a la imprenta. Claro que (a no ser que se ganara la Lotería, cosa improbable pues no jugaba) demoraría muchísimo en reunir el dinero necesario para publicar otro libro. Pronto tendría cincuenta años y cuando contemplaba la novela, extrayéndola con sumo cuidado –como si fuese de un material extremadamente frágil– del fondo de la cartera, una sensación de paz lo invadía. Es cierto que tenía que terminar la Pentalogía antes de morirse, pero la primera parte estaba casi finalizada, la segunda publicada, la tercera totalmente esbozada y la mayor parte del trabajo de investigación hecho, la cuarta muy avanzada y la quinta concluida (sus mil quinientas páginas, que tendría que reducir a mil doscientas pues sentía que algunas cosas sobraban, ocupando casi toda una gaveta del armario), necesitada sólo de revisión. Si vivía cinco años más podría completar su trabajo, pensaba, optimista, sintiéndose lleno de vigor para acometer la tarea.

Guardaba en el portafolios, que siempre llevaba al restaurante –costumbre de sus años de maestro en la isla–, un ejemplar de *El aguacero*, junto a otros materiales de lectura, como gustaba calificarlos. La presencia del libro le procuraba tranquilidad, sosiego.

Era hábil con las matemáticas, la asignatura que enseñara siempre en las escuelas de la isla, y remataba en un dos por tres sus obligaciones con las cuentas de El Manchego. El tiempo que estaba sin hacer nada lo dedicaba a leer, sentado detrás del mostrador.

A cada rato metía la mano en el portafolios y sacaba su libro. Lo contemplaba satisfecho. El aspecto era impresionante. Un diseño espectacular obra de un buen amigo pintor, que no le había cobrado nada por hacerlo, y que convertía el libro en algo raro, en cuanto a su aspecto, dado que las publicaciones de la editorial La Galaxia no se distinguían precisamente por su buena apariencia.

Volvió a mirar, con furia, en dirección a la mesa ocupada por varios comensales, al fondo del amplio y elegante local. De donde llegaban incesantes risotadas. El Manchego era un restaurante especializado en comida española, bastante caro, por lo que estaba de moda entre los burócratas y los nuevos ricos cubanos. Y por supuesto, entre los españoles residentes en Miami.

—¡Borrachos asquerosos! —volvió a murmurar Lucas.

Sin dejar de arrojarles miradas que hubieran hecho palidecer de envidia a Charles Manson, alzó el teléfono y marcó el número de su madre.

—Y qué, soy yo…

—Todavía estás ahí mijo… qué horror… vas a llegar tarde y no podrás trabajar en tu novela.

—Sí, aquí estoy todavía por culpa de unos borrachos. Bueno, algo haré, no te preocupes.

—Es increíble que tengan un lugar así abierto por dos o tres viciosos.

—Avaricia, así se llama el dueño de este antro.

—Asquerosos… ¿no tienen casa a la que irse, mujeres, familia?

—Con esas caras no creo que tengan dónde ir… y si tienen hijos deben haber nacido con una botella de whisky en cada mano. No hay nada más repugnante en la vida que un borracho…

—Dímelo a mí que a tu padre que en gloria esté le dio una vez por meterse en el bar de la esquina, cuando vivíamos en el barrio, por una pelandruja culona que trabajaba allí, y llegaba borracho todas las noches… tus tíos todos eran alcohólicos, pero eso sí, no de peleas, les daba por dormir… y tu tía la que se pegó candela para qué contarte…

—Sí, conozco la historia. ¿Pero es verdad que tía Eladia se prendió candela con una botella de ron o eso me lo has dicho para darle sabor a mi novela.

—No mijo, tu madre es incapaz de eso. Una botella de ron Bacardí que yo la vi con estos ojos que se van a comer la tierra. Yo estaba recién casada con tu padre pero me acuerdo como si fuese el día de hoy…

–Oye, ¿tú sabes cómo le han puesto a este lugar?

–No, ¿cómo?

–El Club de los Terroristas...

–Y eso por qué...

–Porque todos los viejos que vienen tienen puesta la bombita...

–¡Jajajajajajá!... ¿La bombita para que se les pare el rabo? ¡Ajá-jájájájá!

–Sí, jijijijí... te dejo que parece que se van los puercos...

Colgó. Pucho, el camarero, se aproximó con la cuenta en la mano.

–Por fin se van esos hijos de puta –dijo al llegar. Bostezó.

–Ni me hables de esos borrachos infernales...

Lucas hizo sus números en un santiamén y devolvió la cuenta a Pucho, que antes de regresar a la mesa a cobrar echó una ojeada al comprobante que acababa de recibir. Ya había comenzado a andar. Se detuvo.

–Despierta Lucas, estás dormido viejo, no pueden ser doscientos dólares...

–¿Doscientos dólares he puesto? Déjame ver... Por supuesto que está mal, es ciento veinticinco más *taxes*. Doscientos son los emigrantes del San Bernardo...

–¿Quiénes?...

–Olvídalo...

La mosca

Hernán tenía engavetada una novela desde hacía algún tiempo y cada vez que la contemplaba, arrinconada en la gaveta, se le amargaba el día. Quería publicarla. Poco después de la presentación de *El aguacero* decidió intentarlo, aunque la idea de pagar por la publicación le producía náuseas. El contrato que Lucas había firmado con Galaxia le parecía un verdadero robo, pero a pesar de eso, cuando tuvo el dinero suficiente, hizo una cita con el editor, con la esperanza de lograr, quizás, una coedición –su amigo Carlos Veguitas había conseguido una para su obra más reciente, *La babosa y otros cuentos*, aunque nunca le quiso explicar cómo–, y así tener que pagar solamente la mitad de los costos. Si eso resultaba imposible, confiaba al menos en conseguir un contrato menos leonino que el que aceptara su hermano. Durante días, repasó en la mente, mientras cumplía con sus horas de esclavitud en la Avis, diversas estrategias que usaría para lograr que el editor aceptara su propuesta de coedición.

La sede de Ediciones Galaxia se hallaba en el segundo piso de la Librería Júpiter, también propiedad de Marino Gómez. Hacia allá condujo Hernán su Toyota desvencijado. Un modelo de diez años atrás que, según afirmaba con cierto orgullo, «nunca lo dejaba botado». Rehusaba cambiarlo a pesar de las presiones de su esposa, que añoraba un automóvil al menos presentable, que no la avergonzara ante sus amigas de la factoría donde trabajaba. Cuando abordaba el tema, encontraba la imperturbable respuesta del marido: «Un automóvil es un tareco que sirve para transportarlo a uno de un sitio a otro. No una carta de presentación. El Toyota nos lleva y nos trae, así que no hay motivos para cambiarlo… en caso que tuviéramos dinero para hacerlo. Así que… ¿para qué darles una alegría más a esos ladrones de los bancos que nos financiarían el nuevo?».

La popular Librería Júpiter estaba situada en la emblemática Calle Flagler, en el corazón de Miami. Aunque los cubanos no eran grandes compradores de libros –preferían gastarse el dinero en horrendas porcelanas de Lladró y en televisores gigantes– el negocio había convertido a su dueño en un hombre acaudalado. «El Sapo», hábil negociante, viajaba por el mundo comprando libros a precio de saldo que luego vendía carísimos en Miami, aunque de todos era conocido que su fortuna provenía de la Editorial Galaxia. Fortuna considerable, que le permitía conducir un flamante Mercedes Benz del año, vivir en una confortable mansión en un barrio exclusivo y vacacionar todos los años, acompañado de la familia, en el sur de Francia. Gómez era un hombre muy religioso, así que también viajaba a Europa una vez al año para un retiro organizado por la orden de los carmelitas descalzos en un convento cerca de Toledo. Después de esto volvía al edificio de la Calle Flagler con el alma en paz y la conciencia tranquila.

Los éxitos del propietario de la Librería Júpiter no se limitaban al ámbito económico. Considerado un mecenas de la cultura local, un luchador por la conservación de las tradiciones culturales de su país de origen, las autoridades de la ciudad le habían entregado en una ocasión la Llave de la Ciudad de Miami, y las del Condado Miami-Dade determinaron bautizar un trozo de avenida, en plena Pequeña Habana, con su nombre. «Avenida Marino Gómez», podía leerse en una placa suspendida junto al semáforo del cruce de la Calle Siete del Southwest y la Diecisiete Avenida.

Hernán fue conducido a la oficina del editor, al que halló arrellanado detrás de un enorme buró repleto de papeles y manuscritos. La oficina era amplia y las paredes estaban cubiertas de cuadros: paisajes cubanos, rurales y urbanos. Había tantas palmas pintadas que al entrar, el visitante tenía la impresión de sentir una brisa y un guitarreo. Cosa imposible, pues los ventanales, a través de los cuales podía contemplarse la Calle Flagler achicharrada por un sol implacable y atestada de automóviles, se hallaban herméticamente cerrados. El aire acondicionado estaba muy bajo, y el más pequeño de los Torres pensó: ¡Coño, esto es una nevera! Una mosca trazaba círculos sobre el cristal de la ventana, atontada por el frío.

Cuando estuvo sentado en la butaca, frente a la escuálida figura de Marino Gómez, trató de recordar las palabras que ensayara una y otra vez, entre el rugido del poderoso vacuum cleaner con el que erradicaba el polvo del interior de los autos. Pero a pesar de que estuvo casi un minuto en silencio, esforzándose por recordarlas, no lo consiguió. Entonces fue al grano, y expuso al editor, sin rodeos, cuál era el propósito de su visita. Tenía una novela –cuyo manuscrito sostenía, apretado, entre las manos: lo alzó un poco para mostrarlo, como si fuera posible no percatarse de su presencia–, y quería explorar las posibilidades de publicarla. Claro, si podían llegar a un acuerdo en el precio y en un punto del contrato con el que no estaba de acuerdo.

La mosca, ahora instalada en el borde de la pecera que descansaba en una mesita atestada de retratos familiares, zigzagueaba negra, verde, oleosa. La pecera contenía un pez plástico, que se movía constantemente, gracias a un invisible artilugio eléctrico.

El editor lo escuchó en silencio –con la expresión de quien acaba de regresar de una funeraria, después de pasar la noche velando el cadáver de su mejor amigo– y cuando el joven concluyó su vacilante exposición, preguntó con expresión sombría:

–¿Cuántas páginas tiene esa novela?

Voz cavernosa, rotunda, untada de una hermosa melancolía. Inadecuada para aquel cuerpo esmirriado. Voz de locutor.

–Ciento noventa y cinco…

–Digamos doscientas.

–Doscientas.

—Eso estaría alrededor de los tres mil quinientos dólares… un poco más tal vez, el papel ha encarecido una atrocidad.

El silencio hizo su aparición: un hipopótamo saliendo de golpe de un río carmelita. Y se instaló en la superficie. Prolongándose. Los ojos de Hernán se negaban a mirar a Marino, obstinados en seguir a la mosca. Se obligó a llevar otra vez la vista al semblante del librero. Habló como pidiendo disculpas por algo.

—¿Y no habría forma de llegar a un acuerdo para… hacer una coedición… algo que redujera un poco el precio? Tengo que hacer miles de horas de *overtime* para reunir una cantidad así. Y eso es tiempo que necesito precisamente para escribir.

—Imposible, no sabes cómo están de malas las cosas. Todo sube y sube, y la gente no compra libros. A veces hago alguna coedición, pero siempre pierdo dinero con ellas. Cosas que uno hace por la cultura, por principios, pero… ya sabes, esto es un negocio. ¡Qué más quisiera yo!

Las palabras del hombre destilaban autocompasión. Las cejas se curvaron hacia abajo, la boca, compungida, tembló. Hernán casi sintió lástima, pero recordó las palabras de su hermano Gabriel y tuvo que inclinar la cabeza para ocultar una sonrisa: «Ese hombre es un genio, te corta la yugular y logra que el último segundo de tu vida lo dediques a pedirle excusas por mancharle de sangre la alfombra».

El agua también era falsa. La mosca, que había caído dentro de la pecera, caminaba sobre la superficie de agua falsa. Agrandada por el aumento del cristal, relumbraba como una esmeralda. Carrerillas retozonas. Jadeos de cepillo metálico. El negro aceitoso del cuerpo, en contrapunto casi musical con el rojo chillón y artificial del pez. Las alas de celofán de la misma textura del cielo: afuera.

—Ya… ¿y qué es eso en el contrato sobre los derechos de publicación de la obra en Cuba?

—Muy simple, standard para todos los contratos, para todos los escritores; la Editorial Galaxia se reserva el derecho exclusivo a publicar la obra en Cuba, claro que cuando nuestra Patria sea libre, no antes. Yo nunca haría algo así. Pero cuando llegue ese momento, me parece justo que, si ahora apostamos por un libro, tengamos una ventaja sobre las otras editoriales que caerán allí como pirañas, ya sabes…

—¿Apostamos? A ver si lo entiendo. Yo pago por publicar esta edición de mi libro y además te regalo a ti los derechos exclusivos para publicar esa obra en Cuba. Bueno, no, no te los regalo… te pago para que te quedes con ellos… ¿Dónde está la apuesta?

—Bueno…

La mosca, escapada de la pecera, había ido a posarse sobre la tapa del manuscrito que sostenía Hernán contra las rodillas. Hernán la contempló detenidamente. Aplicada a la limpieza de sus patas traseras, emitía un zumbido parecido al del aparato de aire acondicionado. Una mosca grande, de caparazón pulido, verde profundo de prusia, charolado. Una de esas moscas que aparecían ineluctablemente en su vida, encima de las plastas de mierda de los perros callejeros primero, y más tarde en las letrinas rellenas de gusanos blancos de los cagaderos del ejército.

—Pues creo que voy a quedarme con mi manuscrito, lo imprimí en un papel fino y quizás pueda usarlo para limpiarme el culo.

—No tienes que molestarte, Hernán.

—No, si no estoy molesto, lo que estoy es asqueado.

Cuando abandonaba el edificio, decidió escribir un cuento cuyo protagonista sería la mosca verde. Entró al Toyota que parecía una sauna, conectó el aire acondicionado y, pensando en el cuento, que ya comenzaba a tomar forma en su cabeza, sonrió.

Extra colesterol, sin Dios, musculoso

Los tres hermanos eran bastante diferentes. Lucas había heredado su configuración física de la madre. La estructura recia del cuerpo, la tendencia a la obesidad que, después de los cuarenta y cinco, empezó a cultivar como un galardón. Tenía un apetito enorme y acostumbraba pedir en los restaurantes, a los que acudía con bastante frecuencia, «extra colesterol». Por ir a la contraria, en parte, a la histeria social a propósito de los peligros del colesterol, y por pura gula en buena medida. Las campañas sobre el tema se sucedían en los medios de difusión de forma cansona, auspiciados por alimentos sin sabor y gimnasios promocionados por modelos de cuerpos imposibles. «Para lograr un cuerpo así hay que renunciar a tener cerebro –decía Lucas al ver los anuncios en televisión–; ¡no estoy dispuesto a eso! Es cosa de americanos... para ellos es natural no tener cerebro».

Y continuaba atracándose y engordando con la conciencia tranquila.

A medida que envejecía, se convertía en el doble de Luz; caminaban igual, se movían igual, gesticulaban idénticamente al hablar y compartían un sentido trascendente del papel de la familia y de la importancia de la herencia, la sangre, la estirpe. Para Lucas, un Torres era algo que se conectaba en un ayer remoto con antepasados con los que tenía algún tipo de misterioso compromiso. Un enlace que significaba continuidad. Y el carácter único e irrepetible de cada ser humano, de cada miembro de la familia; la prolongación de esta exclusividad en el tiempo, constituía una prueba de la existencia de un sentido para sus vidas, y de la existencia de Dios.

Escribía para salvar a los seres que amaba.

Gabriel, físicamente, se parecía al padre. A los cuarenta el pelo empezaba a escasear al frente augurando entradas profundas, como las de su progenitor. Se pelaba al cero, lo que contribuía a darle un aspecto enloquecido. Podría haber encarnado en una película, sin dificultad alguna, a un asesino en serie. Delgado, irascible, también había heredado del padre un sentido del humor negro y descarnado. Una capacidad para la burla hiriente que a veces resultaba grosera. Tenía fama de desagradable y cínico. Deseaba que al morir no hubiese nada. Le martirizaba la idea de que la muerte fuese el comienzo de algo, le daba igual qué. Sólo considerar esa posibilidad lo exasperaba, lo fatigaba. Estaba convencido de que si Dios existía se trataba de un ser despreciable, sin el menor atisbo de piedad, que se refocilaba con el sufrimiento de los seres a los que había creado.

En el fondo era cobarde: atravesaba con frecuencia etapas de terror y angustias causadas por sus exuberancias radicales contra la idea de un Creador y contra el Creador mismo. Temía su desquite.

Escribía para vengarse.

Hernán no se parecía al padre ni a la madre. Sino al abuelo, que era alto, de ojos claros, cuerpo bien formado y musculoso. Escribía compulsivamente desde que apenas tenía catorce años y perseguía a los hermanos y a cualquiera que estuviese a su alcance para leerle sus últimas creaciones. Lucas y Gabriel pensaban, aunque no lo expresaban con frecuencia, que Hernán era el más talentoso, el que mayores posibilidades tenía de crear una obra de arte: sus fuentes resultaban las más misteriosas, las menos enraizadas en la cultura. Al contrario que sus hermanos, Hernán gustaba de los deportes, acudía a un gimnasio, conocía de primera mano todas las discotecas de música latina de Miami y si no fuera porque su mujer se hacía con frecuencia de la vista gorda con sus aventuras eróticas, el matrimonio hubiese durado, tal y como acostumbraba a decir Luz, lo que un merengue en la puerta de un colegio.

Respecto a Dios, creía que el Universo provenía de una masturbación del Dios Rama, y podía estar horas demostrando que la razón estaba de su parte. Solía insistir, si tenía la oportunidad, en buscar un mapa del mundo para constatar, según él de forma irrefutable, que los continentes tenían forma de espermatozoides. Los hermanos, por eso, procuraban a toda costa eludir el tema de la Creación en su presencia. Los muertos le infundían pavor, pero sin embargo se pasaba la vida contando divertido sus «visiones». Nunca, que nadie recordara, Hernán tuvo claros los límites entre la realidad y la fantasía, pero a medida que envejecía su capacidad para confundir ambos campos iba en aumento a una velocidad considerable. Las «visiones», de las que hablaba como si fuesen algo común y corriente, podían referirse a una conversación sostenida con algunos glóbulos rojos, a raíz de una herida autoinfligida al afeitarse; a una cucaracha de la Seguridad del Estado cubana que se infiltraba todas las noches en la gaveta en la que guardaba los manuscritos a fin de redactar un minucioso informe y a la que había declarado una guerra a muerte, o a aquella infausta ocasión en que a los cacharros de la cocina les dio por salir a recibirlo cuando llegaba del trabajo, con el consecuente peligro para su vida: piénsese en los cuchillos… Un elefante pequeño que dormía a los pies de su cama era la más reciente de las «visiones». De lo que, por supuesto, había escrito un cuento.

Escribía por simple necesidad.

Cuando salió una pequeña crítica sobre *El aguacero*, ninguno de los hermanos la tomó en serio. Pensaban que llamar crítico literario al individuo que ejercía como tal en el suplemento en español del diario norteamericano local constituía una ofensa a la profesión. De hecho, se reunieron una tarde para desternillarse de risa leyéndola. No era positiva, por supuesto. Resultaba evidente que el pobre hombre no había leído la novela. La «crítica», no cabía duda, provenía de la lectura de la contratapa del libro y, si acaso, de una ojeada superficial y apresurada a su interior. Además el crítico, un hombrecillo gordo y lleno de complejos, odiaba a los Torres: Gabriel, que era famoso por ese tipo de cosas, lo había tildado de analfabeto en público, después de compararlo con Lolita, la «ballena asesina» del Seaquarium miamense. Todo en una galería de arte, en la que coincidieron.

El provincianismo de la ciudad se manifestaba de forma virulenta en lo relacionado con lo que allí se entendía por cultura. Que resultaba una mezcla de crónica social y filosofía de revista del corazón. Todo, por supuesto, muy políticamente correcto.

Así que los hermanos se dedicaron a burlarse de aquellos escasos tres párrafos aparecidos en el periódico. Hernán llegó a enviar fotocopias manipuladas –eliminaba el nombre del autor y lo sustituía por «El Burro Melancólico», que era como conocían al individuo en los círculos intelectuales de la ciudad– a otros escritores.

Quien lo tomó muy en serio, por el contrario, fue Luz. Enfurecida, caminaba de un lado a otro de la cocina agitando el ejemplar del periódico donde había aparecido el comentario sobre la novela de su hijo. ¡Qué estúpido!, repetía mirando a Lucas que trataba de quitarle importancia al asunto. Y se obstinó en escribir una carta al periódico contestándole a aquel «mequetrefe», como lo llamaba, y no hubo forma de disuadirla.

Durante días, Lucas, y Gabriel y Hernán, que alertados por el primero se sumaron al esfuerzo, intentaron quitarle la idea de la cabeza. Pero fue imposible. Y cuando se negaron a ayudarla a redactar la misiva, les contestó que entonces sería peor, porque llegaría al periódico llena de faltas de ortografía. Ante semejante argumento, Lucas aceptó colaborar, con la esperanza, que luego resultó vana, de controlar lo que su madre redactara.

Después de muchas peleas, llegaron a un acuerdo sobre el siguiente texto:

Señor:

En vista de que usted no se ha molestado en leer la novela de mi hijo, que comenta en su columna de El Nuevo Heraldo Hispano, me permito hacerle algunas observaciones. Lo primero es recomendarle que antes de comentar algún libro tenga la bondad de leerlo, se supone que para eso le pagan. Segundo, mis hijos llevan muchos años dedicados a escribir; desde pequeños, sacrificándose por llenar de prestigio la literatura cubana. Y lo conseguirán a pesar de individuos como usted, que algún día, avergonzados, tendrán que reconocer quiénes son mis hijos. A gente como usted, una madre orgullosa les dice: ¡Ya verán quiénes son mis hijos! ¡Ya verán! Es una pena que haya dedicado su espacio en el periódico a criticar e intentar, sin éxito, desacreditar una novela excelente.

Sin más, respetuosamente,

la madre de los Hermanos Torres.

Hernán y Gabriel, aterrorizados ante la posibilidad de que Luz enviara semejante carta a la redacción del periódico, urdieron un plan para impedirlo. Consistía en que Lucas se brindara, cortésmente, a echarla al correo junto a otra correspondencia. Ya en su poder, la arrojaría en el primer basurero que encontrara. Y todos volverían a respirar aliviados. Pero la madre no cedió en este punto, como si supiera lo que tramaban, e insistió en ponerla personalmente en correos. Vigiló el sobre como si fuesen los Manuscritos del Mar Muerto dejados a su cuidado. Durmió con él bajo la almohada. Y a la mañana siguiente caminó diez cuadras bajo el sol abrasador para llevarlo personalmente a la Oficina de Correos más cercana.

Los tres hermanos estaban desolados. Aunque concordaban, aliviados, en que la carta enviada resultaba un modelo de continencia comparada con la original, que calificaba *El aguacero* de «verdadera obra maestra sólo comparable a las mejores novelas producidas por la especie humana». Y definía al crítico como un «mercenario al servicio de los peores intereses».

Confiaban firmemente en que ningún periódico serio publicaría semejante carta. Pero El Nuevo Heraldo no era un periódico serio, así que, pocos días después, en la sección Correo, estaba la carta de su madre. ¡Y no le habían quitado ni una coma!

Se trataba sin duda alguna de una venganza de aquel crítico canalla.

—*Santos contempló el cielo de carne, pútrido, gravitar sobre la ciudad...*

—¿Así acaba?...

—Sí, por qué... ¿No te gusta?

—No, no es que no me guste. El final en general está bien. El último capítulo, que el alcalde sea el violador asesino, eso está buenísimo... bien resuelto. Claro que los violadores y asesinos van a sentirse ofendidos de que se les compare con el alcalde de Miami, pero...

—Perdonen que me meta, ya ustedes saben que su madre es una analfabeta. Pero ¿así es como quieren ustedes triunfar, hacerse escritores famosos?... ¡Insultando a todo el mundo!

—Eso es lo de menos, Mima... A la gente le encanta que los insulten, sobre todo a los americanos...

—Pues a mí me parece que eso del cielo pútrido suena algo picúo, rebuscado... En general me gusta, el ritmo entrecortado, muy austero... si hay cinco adjetivos en todo el libro es mucho... y mucho diálogo...

—¿Tú crees? ¿Pero qué es lo que ves picúo, la palabra pútrido o la frase en general, la imagen?

—No sé, me sonó picúo cuando lo escuché. Tendré que releerlo con calma. Y todavía tienes que trabajarlo, ¿no?

—Yo discrepo con Hernán, no es picúo, nos suena raro porque es raro respecto al ritmo al que estamos acostumbrados... y está en toda la novela, o al menos en los capítulos que has leído; he estado pensando en eso porque me llamó la atención desde hace dos o tres domingos cuando comenzaste; creo que se aparta de la forma tradicional... no sé si me explico. Hay una forma canónica a la que se apuntan la mayoría de los escritores cubanos... Yo trato de apartarme de ella. No es fácil de explicar. Lo que pretendo decir es que suena como un texto escrito por alguien que no es cubano…

—Ustedes traten de apartarse de ese canon, porque yo nunca me he enterado ni de que existe.

—Eso es interesante… Hernán, déjame contestarle a Lucas… Me gusta que sea así. Nunca he sabido qué coño es un cubano… Toda esa verborrea a lo Carpentier me deprime… Y hay una manera, como tú dices, un tonito de escritor ¿comprendes? Una mierda correcta y bien escrita, muy adjetivada, un realismo mágico pasado por agua… que no es mágico ni un carajo, el uso de los adjetivos, la estructura de los párrafos siempre apuntando en la misma dirección. Todo previsible. Literario. Allí lo que te mata es el desamparo, la escualidez, la inconstancia, ¿qué tiene que ver el realismo mágico con nosotros? Y sin embargo se obstinan en ese barroquismo de mierda, en esa melosidad artificiosa. Todo escrito por tipos que se creen importantes. Que piensan que hasta la mierda que cagan es algo trascendente. Y el culteranismo leza-miano que apesta. Todo por supuesto muy catolicón; los cubanos ahora son más católicos que el Papa. Me produce sarpullido todo eso. También es importante para mí que la novela se desarrolle aquí en Miami: ¿hasta cuándo vamos a estar con la mierda esa de la nostalgia, hablando de una realidad que ya no sabemos cómo es? Una realidad puteada por todos, una realidad que los escritores cubanos han convertido en una jinetera al servicio de los extranjeros. Si te suena raro me alegro. Yo no quiero ser un escritor cubano, ni americano, ni chino, quiero ser solamente un escritor.

—Ah, en eso estoy de acuerdo, toda esa mierda nostálgica está acabando con la literatura cubana. Les ha entrado una mariconería barata con esa ciudad horrorosa…

—Eso. A los escritores les ha entrado una chochez, una come-mierdería con las palmas, con La Habana, una ciudad que cada día es más una cloaca de la que lo único que se puede hacer es salir huyendo… una comemierdería con el azul del cielo… que si los atardeceres, que si la Cinemateca, que si el malecón, que si el barrio, que si el mar, que si la mierda huele bien allí…

—¡Jí jí jí jí!… Sí, la verdad es que están de pinga… ¡Algunos dicen que el sol de Cuba no quema!

—¡Virgen Santísima, qué malhablados se han puesto estos niños!

—Sí, no quema porque seguro que eran pinchos, tenían cuentas en dólares y aire acondicionado… Es como si uno se escapara del infierno y luego se pusiera a extrañar las calderas de aceite hirviendo y los diablos con los tridentes… conmigo no se empatan más…

—Pues a mí que me entierren en Cubita Bella. Yo para allá.

—Mima no nos hagas caso… tú sabes que cuando nos reunimos nos da por hablar mierda…

—Lucas, mueve un poco ese ventilador para acá, que hace un calor del carajo.

—Mijo no fumes tanto, que eso hace daño.

—Eso es lo único que te faltaba, contagiarte con los humofóbicos americanos.

—Mijo pero si es por tu bien…

—Hablando de los americanos, ¿leíste lo que salió en el periódico el otro día? Ahora dicen que los Kennedy tuvieron que ver con la muerte de Marilyn Monroe, que si la mandaron a matar…

—Eso viene rodando hace mucho tiempo…

—A mí lo de Bahía de Cochinos no me importa tanto, los cubanos se merecen que los embarquen y los traten como criados, pero si es verdad eso de la muerte de Marilyn entonces está muy bien que los mataran a los dos…

—Coño, este está embalado hoy…

—Los cubanos somos la última escoria de la humanidad…

—Pues yo no me cambio por una francesa ni por una alemana ni por una americana ni por nadie… ¡yo cubana!

—Mima…

—Bueno Gabriel, no exageremos… los cubanos somos más o menos igual que todo el mundo…

—No, viejo, no, peores… no olvides que a Martí lo mató un cubano. Después que Maceo y Gómez lo humillaron todo lo que pudieron. Somos una raza abyecta condenada a lo peor por nuestra ruindad: sumisos, cobardes y envidiosos. Si fuéramos diferentes ese hijo de perra no estuviera en el poder. Pero nadie quiere arriesgar el pellejo. Cultura y mierda es lo mismo; así es para nosotros. Y de nuestros intelectuales mejor no hablar: una recua de putas, con perdón de las putas que son decentísimas comparadas con esos lameculos…

—No todos, están Reinaldo Arenas, Lezama, Lydia Cabrera…

—Bueno, dos o tres y para de contar… Lo cierto es que cuando el Comandante amenazó con darles un bofetón se pusieron a cuatro patas en lo que pestañea un mosquito. No hizo falta que les diera el bofetón, bastó con la amenaza. Entonces salimos despetroncados para Miami a olerle el culo a los americanos y a tratar de convertirnos en americanos. Esa mierda es lo que somos, en resumen. Si hacen mañana un plebiscito libre allá gana la anexión a Estados Unidos, de calle…

—Amén, eso es la Biblia…

—Bueno, volvamos a la literatura que a fin de cuentas es lo que quedará. Es verdad que se ha puesto de moda una literatura para turistas, mucha santería, folklorismo, sexo, ah, y reconciliación… y respeto… pedidos por los ex esbirros y ex colaboradores… que es muy conveniente. Pero como toda moda eso pasará y lo que vale será reconocido tarde o temprano… Tu novela se aparta de eso…

—Así mismo, mijito… algún día…

—Yo no estoy tan seguro… ojalá…

—Lucas, yo sé que el caso tuyo es distinto, pues estás reconstruyendo toda una época en la Pentalogía, y bueno, es un tema que no puedes dejar, pero yo estoy harto de todo eso… Por mí, que la isla se hunda pa' la pinga en el mar… El mundo que ya es en sí una gran plasta de mierda tendría un poco menos de mierda…

A mí sí que no me pueden chantajear con no dejarme volver ni de visita; que se metan la isla por el culo…

–Mima, ¿por qué no haces un poco de café? Ahora que terminamos de leer… Sí, pero la última novela de la Pentalogía transcurre aquí en el exilio.

–Yo igual, que se la metan…

–Bueno, lo fundamental, ¿creen que es publicable?… no es que nadie la vaya a querer publicar ni un carajo, lo que quiero decir es que si no es algo de lo que después me avergonzaría; tú entiendes… Claro, es una primera versión, necesita trabajo.

–Yo creo que sí. Quitándole un poco… jejejé… todo lo que le has copiado a Raymond Chandler.

–¡Qué hijoeputa es el Hernán este! Jejejé… No, es verdad que tiene un tufito a Hammett, y a John Franklin Bardin, lejano… pero creo que es un texto publicable… Muy bueno. Ahí hay algo… Hernán no te dice nada de Bardin porque no sabe quién es…

–¿Tú crees que valga la pena? Porque al fusilador del Amadís de Gaula y de H. G. Wells este yo no le hago mucho caso…

–Hey, cuidado, que yo sólo fusilo el *Tiranc lo Blanc*… Y quién coño es el Bardin ese…

–No, hablando en serio, creo que hay que tratar de publicar eso… ¿vas a hablar con el Sapo Marino?

–Ya fui a verlo, pero no hay manera de llegar a un acuerdo con ese delincuente… no le voy a pagar por cogerse mis derechos para publicar en Cuba…

–Vamos, tómense el café.

–Gracias, Mima…

–Coño qué rico está.

–Empingao…

–Ustedes saben que ahora se me ocurrió una novela sobre unos escritores extraterrestres que llegan a Miami y cuando ven el ambiente cultural, y general, se horrorizan y vuelan a Cuba. Y cuando llegan allá aterrizan en la Plaza de la Revolución y está el Hijoeputa en Jefe metiendo un discurso de catorce horas con el Papa, siete horas cada uno, los dos hijos de puta…

–¡Cristo de Limpia, perdónalo que no sabe lo que dice! ¡Decir eso del Santo Padre!

–No le hagas caso Mima, ya sabes que está loco…

–Comparar a un santo con ese hijo de perra…

–…loco como una cabra.

–…y los extraterrestres caen muertos ante aquella avalancha de imbecilidades de los dos hijos de puta y Fidel se apodera de la nave y llega a un acuerdo con el presidente americano para entregarle la nave –que a ellos les interesa por la tecnología y eso– a cambio de un sistema de clonación que están perfeccionando los americanos en una base secreta en el desierto de Nevada…

–¿Por qué Nevada?

–No sé, suena bien ¿no?… y entonces la trama salta cien años hacia adelante y está todavía Fidel, El Caballo Clonado en Jefe gobernando… Y los dirigentes del exilio, también clonados, en lo mismo, recogiendo dinero para derrotarlo desde las piscinas de sus casas en Coral Gables… Es un thriller… porque hay un detective cubano de Miami que descubre que un grupo de millonarios exiliados son topos de la Seguridad del Estado cubano, porque les conviene que Patilla siga en el poder por sus negocios de mandar paquetes y dinero y eso…

–¡Coño, pero ahora tú también vas a escribir novelas policíacas…! ¡Me estas copiando a lo descarado!

–¡Oye a este! Policíaca no, no es policíaca, es fantástica… ¡Pero qué más fantástica quieres que sea que hay hasta una nave espacial y extraterrestres…

–No me digas… ¿Y el detective? ¡Y de Miami! ¡Es una copia desvergonzada de lo que acabo de leer! ¡Te lo acabas de inventar!

–¿Pero qué habla este? ¡Pero si tengo una libreta llena de notas! Oye, contrólate muchacho que hay mucho calor y te va a dar un ataque cardíaco, o una trombosis… jejejé…

–Bueno, bueno, no es para fajarse. Tampoco, Gabriel, tienes una exclusiva para escribir cosas policíacas…

–Coño, pero con tantas cosas que escribir…

–Bueno, no discutan, cada uno escribe lo suyo… Y ni siquiera ha comenzado esa novela o lo que sea, a lo mejor nunca la escribe, tú sabes cómo es Hernán que todos los días tiene un argumento nuevo. ¿Verdad, mijo?

–Yo puedo regalarles argumentos a estos dos cualquier día… ¡cualquier día!

–Coño, Mima, pero es que siempre está fusilando…

–¡Yo fusilando!… Pero mira quién habla, el maestro, el rey de los copiadores… ¿Tengo que recordarte los poemones aquellos copiando al viejo chocho de Eliseo Diego? ¿O era al bembón de Nicolás Guillén? Nono, espérate… ¡era al subnormal de Retamar! ¡Copiar a un policía, eso es lo último! Jejejejé…

–¡Eso fue en Cuba y tenía diecisiete años! ¡A Retamar! ¡Nunca! ¡Cara de Chivo nunca ha escrito nada que se pueda leer, no digo ya copiar!

–Ya, dejen eso… ¿Qué van a hacer hoy? Yo voy a trabajar un poco…

–Yo también, esta semana he hecho mucho overtime y tengo el trabajo atrasado.

–Pues yo me voy al cine… Todo no puede ser trabajo y trabajo. Piensen en todo el tiempo que van a estar muertos.

–¡Llegó Sócrates! Ya tengo ganas de cagar…

–¡Hernancito!

–Coñó, se botó el filósofo pa'l solar…

–Me voy al carajo. Hasta el domingo que viene. Un beso, Mima.

–Cógelo suave…

Poco tiempo después de la muerte de Nardo –concluía septiembre– Luz empezó a indagar por los precios de los terrenos en el cementerio. Un día, cuando Lucas regresó del supermercado donde había ido a hacer algunas compras antes de irse a El Manchego, se encontró con una vendedora del Memorial Plan sentada en la sala. La mujer, enfrascada en su presentación, desplegaba una serie de papeles y folletos sobre la mesa, mientras que Luz la escuchaba atentamente. Su madre, con toda seguridad, había anotado el teléfono de uno de los incesantes anuncios que aparecían en la televisión. Y solicitado la visita de una vendedora. Las compañías dedicadas a vender espacios en los cementerios de Miami llevaban a cabo campañas muy agresivas. Dirigidas, fundamentalmente, a los ancianos cubanos; siempre los protagonistas de los anuncios eran cubanos y trataban de explotar la circunstancia del exilio, el patriotismo, los supuestos valores de la familia cubana, la lejanía de la patria.

Los folletos prometían cuantiosos ahorros, hasta de dos mil dólares, a los felices propietarios de un hueco donde meterlos al final de sus vidas.

Lucas fue a la cocina a guardar las compras y luego regresó para echar un vistazo a las ofertas de la mujer, que continuaba con su cotorreo, imperturbable. No dejaría que Luz firmara ningún documento, ya habían conversado al respecto. Muchos vendedores inescrupulosos mentían a los ancianos del gueto cubano, logrando que firmaran contratos engañosos que los ataban durante años al pago de una mensualidad. Lo que significaba para muchos un gran sacrificio. Vivían de pequeños retiros o ayudas del gobierno; subsistían contando los centavos.

Lucas leyó las letras microscópicas al pie del anuncio del folleto. Aquí es donde siempre te joden, pensó. El ahorro ofrecido estaba atado a una compra de más de cinco mil dólares, en un contrato por 48 meses al 11.9 por ciento. Además, una entrada de doscientos cincuenta dólares, y a eso había que añadir mil trescientos noventa dólares más con la compra de «Dos Abrir y Cerrar» –ignoraba qué era aquello de «Abrir y Cerrar» pero se lo imaginaba– junto a la cripta del Mausoleo del cementerio.

El negocio de enterrar a los seres humanos había desarrollado una jerga publicitaria similar a la de los McDonald's. Claro que en el fondo no tenía por qué ser diferente, meditaba Lucas mientras leía: unos vendían huecos y cajones de cemento, y otros papas fritas congeladas y piltrafas; para un negociante aquello no significaba diferencia alguna. Y quizás tenían razón.

La voz de la vendedora lo sacó de sus elucubraciones. Ahora le ofrecía a Luz un servicio recién inaugurado por su empresa –que estaba dedicada en cuerpo y alma a servir y contentar a sus clientes con la energía y compasión de un verdadero líder, acotaba–, mediante el cual ya era posible hacer arreglos para el traslado de los restos mortales a Cuba (los propios o los de algún ser querido), una vez derrotado el tirano –aclaraba la mujer con gran énfasis, endureciendo el rostro momentáneamente para que quedase más allá de toda duda su posición política y la del Memorial Plan–, para que descansaran eternamente; bueno, hasta el día del Juicio Final, pues un vistazo al altar le indicaba que la señora Luz era una devota católica; Juicio Final en el que estaba segura saldría muy bien librada pues con aquel rostro bondadoso de madre abnegada –y al decir esto echó una mirada cómplice al hijo– no podía menos que ser una excelente persona, libre de pecados.

Aquello era más de lo que Lucas podía soportar.

–Señora, le agradezco la información, pero pierde el tiempo –la interrumpió antes de que pudiera lanzarse a describir las bondades de algún otro producto o servicio–, mi madre ha decidido cremarse cuando muera de aquí a veinte o treinta años… ¿No se lo ha dicho?

–No… ¿Está segura, señora Luz, de que quiere eso? –la miró como si ya estuviera cocinándose en una caldera del Infierno–. Los católicos…

–Pues…

–… no pueden hacer eso.

–Claro que lo está, pero eso no es asunto suyo. Recoja sus papeles y márchese, por favor. La verdad es que ustedes con tal de vender uno de esos agujeros son capaces de cualquier cosa.

–Bueno, no tiene que ofender. Sólo estaba tratando de ayudarla, después tendrá que pagar más por lo mismo.

–Magnífico, no se preocupe, nos encanta gastar.

Cuando la vendedora se hubo marchado, Lucas preguntó a la madre por qué había llamado por teléfono al Memorial. ¿Qué apuro tenía en comprar un terreno en el cementerio?

–Mijo, hay que estar preparados –contestó Luz–. No se puede vivir al garete. Se va pagando poco a poco y es mejor que luego tener que pagar todo de golpe. Tengo unos ahorritos para eso. ¡Aquí no es como en Cuba! Si no pagas te tiran en un basurero o en casa del carajo. En Cuba teníamos nuestro panteón, que tu abuela que en paz descanse compró para la familia. Y dice Bertica que lo del traslado a Cuba es bastante seguro…

–¿Quién es Bertica?

–Esa muchacha que acabas de echar tan groseramente.

–¡Esa delincuente! ¡Ya la tratas como si la conocieras de toda la vida! Mima, eso es un cuento para engañar a los pobres viejos cubanos. ¿Tú crees que el bandolero de Fidel va a dejar que le lleven muertos para allá? ¡Él lo que quiere es mandar a los vivos para afuera! Esa lo que quiere es ponerte a pagar una mensualidad.

–Ese hijoeputa hace cualquier cosa por dólares, Lucas, tú lo sabes. Yo sí creo que si le pagan empieza a recibir cubanos muertos. Y fíjate lo que te voy a decir… ya te he dicho mil veces que no quiero que me quemen. Yo, enterrada como Dios manda. ¡Que me entierren de pie si no alcanza el dinero para enterrarme acostada! Pero enterrada.

–Nadie va a cremarte. Lo dije para que esa bruja se fuera. ¡Tú no firmes nada cuando no esté yo aquí para ver lo que estás firmando! Te estafan y después que firmes no hay nada que hacer. Y deja de hablar de entierros que tú estás como un tronco: nos vas a enterrar a todos nosotros.

–Todas las viejas del barrio están pagando su espacio en el cementerio…

–Bueno… te prometo que me voy a ocupar de eso. Pero déjame averiguar cuál es la mejor forma. De todas maneras es un robo. Pero al menos escogemos al ladrón que nos convenga.

Sólo después de prometer que se ocuparía de conseguir la mejor oferta para comprar el espacio en un cementerio, Lucas consiguió que su madre dejara de hablar del asunto.

Lecturas ¿filosóficas?

Habían leído –bien que mal– a Empédocles, a Platón, a Demóstenes, a Marco Aurelio, a Plutarco, a Bataille, a Hesiodo, a Virgilio, a Kant, a Schopenhauer, a Li Po, a Jung, a Nietzsche, a Spinoza, a Copérnico, a Descartes, a Montaigne, a Confucio, a Martí, a Dante, a Leibniz, a Russell, a Erasmo, a Heidegger, a Milton, a Epicuro, a Marx, a Campanella, a Maquiavelo, a Ortega, a Locke, a Steiner, a Unamuno, a Kierkegaard, a Derrida, a Lao-Tse, a Séneca, a Bloom, a Voltaire, a Foucault, a Camus, a Diderot, a Paglia, a Swedenborg, a Marco Aurelio, a Blake, a Leibniz, a Paz, a Epicteto, a Pascal; habían leído la Biblia, el Corán, el Ramayana, el Libro Tibetano de los Muertos, el Popol-Vuh y los Manuscritos del Mar Muerto. Entre otros.

Pero cuando hablaban de filosofía, mencionaban siempre (como momento cúspide de la historia de esa disciplina) las palabras de Luz, enunciadas cuando Lucas tenía diecisiete años, en ocasión de su partida al Servicio Militar Obligatorio: Hijo –había dicho mirando a Lucas, pero dirigiéndose a los tres, reunidos alrededor de la mesa del comedor– en la vida se puede ser cualquier cosa menos un mierda. Serán tres años duros, pero todo pasa; compórtese como una persona decente. No importa que todo el mundo a su alrededor actúe como un mierda. No hay nada malo en ser diferente. Usted limítese a no ser un mierda.

Siempre los trataba de usted cuando creía que les estaba diciendo algo importante.

De tiempo en tiempo Gabriel sentía la proximidad de un gran cambio. No era algo que ocurría con frecuencia. La última vez que aconteciera –años atrás– se hallaba sentado en el muro del malecón habanero, adonde había ido a parar con una muchacha después de buscar por toda la ciudad, infructuosamente, un lugar donde hacer el amor. No estaban solos, ni mucho menos. Numerosas parejas, con el mismo problema o huyendo del calor, se abrazaban a lo largo del muro sumido en la oscuridad, gracias a la benevolencia de un apagón. El verano llegaba: un miasma pegajoso caía del cielo sobre la ciudad empobrecida.

Estaba concentrado en disfrutar el olor, el sabor de la muchacha, en meterse todo lo posible en aquel cuerpo joven, y sin embargo, de súbito, sintió la necesidad irrefrenable de hacer un alto y contemplar el mar. Una gran fuerza –que se le antojó inabarcable, cósmica– indefinida e ineludible, le hizo apartar la cabeza de los pechos duros, sudados, y mirar la mancha negra que golpeaba la ristra de arrecifes ensalivando el aire con regueros blancos. Entonces lo supo: que pronto, muy pronto, un profundo cambio removería su vida. Y cuando aquello ocurriera nada volvería a ser como hasta entonces, como era en aquel momento: el mar traía un vacío inmenso, una separación, una angustia, un dolor, un peligro nuevo y hermoso. La isla se moría y renacía bajo sus pies.

Un mes más tarde saltó, sin prisas, la cerca de la Embajada del Perú.

Y ahora la sensación había regresado. Idéntica. Inconfundible. Esta vez, mientras conducía en dirección a la casa de su madre. Aminoró la marcha, perturbado. Invadido por una mezcla de alegría y terror. Miró en derredor, estupefacto, pues de pronto no estaba seguro de que permanecía en Miami. Estacionó a trompicones al borde de la calle, en la grava llena de pedruscos, latas aplastadas, colillas y otras excrecencias inidentificables. Un conductor enfurecido pasó a su lado insultándolo. Otro aplastó el claxon, rabioso. Un gorrión cruzó ante el parabrisas y se fundió en la claridad. La mañana, tersa. Su luz, cremosa, de esas que proyectan la falsa impresión de que las cosas tienen sentido, difuminaba el paisaje, evaporándolo.

Alegría feroz, salvaje, terror rasposo, expectante, supurando: desde la carne única del mar, el muro, los arrecifes, la silueta entintada de la ciudad y el esplendor de la muchacha: estaba allí otra vez.

Aquel acontecimiento trajo como consecuencia la separación de la familia, el comienzo de su desmembramiento irreparable. ¿Qué traería este que se avecinaba? Su hijo tenía tres años cuando partió, junto a un montón de desarrapados como él, a bordo de una pequeña embarcación. Volvió a verlo poco después que cumpliera diez. Su matrimonio se deshizo, el padre murió anhelando volver a verlos. Maldiciendo, en la vieja casona del barrio. Sentado durante horas en el sillón del portal, con esa pátina inexpresiva carcomiéndole el rostro. Las abuelas murieron, lejanas, entre extraños, deseando verlos, preguntando por ellos a las enfermeras –¿han visto a Lucecita, a los niños? ¿por qué no han venido?– que no sabían de qué estaban hablando aquellas viejas agonizantes. Transcurrieron diez años antes que la familia pudiera reunirse en Miami. Remanentes de un naufragio. Provenientes de España, México, California.

¿Qué le esperaba ahora? ¿Qué conmoción transformadora se acercaba?

Un conocido sentimiento de culpa se apoderó de Gabriel. Porque lo cierto era que en ambas ocasiones –entonces en la infernal Habana y ahora en la infernal Miami– había anhelado desesperadamente que sucediera cualquier cosa que deshiciera la monstruosa inercia, el tedio, la abulia, el carácter desesperado de lo habitual; cualquier cosa que lo sacara del marasmo de intrascendencia, superficialidad y sinsentido que carcomía su vida.

Algo. Había pedido alzando los ojos al cielo. Aunque se tratara de un cataclismo. Algo. Al precio que fuera, pero Algo.

En ambas ocasiones lo había deseado.

La madrugada estaba allí, bamboleándose, cuando abrió los ojos. Distinguió la figura, de pie, en el hueco de la puerta; inmóvil. Envuelta en una vaharada de frescura, como si estuviera sumergida en colonia para bebés. Cuerpo de bebé entalcado. No tenía miedo. Siempre se lo decía a sus hijos. Hijos, a los que hay que tenerle miedo es a los vivos, no a los muertos. No se movió. Miraba a su hermano, en el borde de la oscuridad mitigada, mirándola a su vez. Tiene buen aspecto –pensó–; rejuvenecido, respecto a la última vez que lo vio en Cuba: la tez bronceada, los ojos brillantes, el bigote fino, cuidadosamente cortado. Una expresión pícara en el rostro. Se lo dijo:

–Te ves bien mi hermano… repuestico.

Se sentó en la cama.

Nardo no respondió, pero sonrió y ladeó la cabeza. Un gesto característico, que Luz recordaba muy bien. Vestía una camisa de guinga azul, almidonada y planchada, camisetilla de un blanco inmaculado, bajo la camisa. Pantalón crema, natilla, de hilo, con bajos; zapatos negros recién lustrados. Labios carnosos color caramelo. Mejillas suntuosas. La manilla de oro, como siempre, le caía sobre el dorso de la mano. Algunas canas brillaban a la altura de las sienes, en el cabello peinado con esmero hacia atrás. En el cinto de cuero una hebilla dorada.

La frescura circulaba alrededor del cuerpo, impregnando la madrugada que penetraba a través de la ventana. Como un barco recién lavado la mirada del muerto. Las velas desplegadas. De la calle llegó el ladrido de un perro, una confusa profusión de ruidos mínimos, el apagado fragor de un automóvil en la calzada. Luz sintió una tranquilidad, una felicidad grande al comprobar lo bien que estaba su hermano. Saludable, limpiecito, contento. Volvió a acostarse. Aspirando aquel perfume a colonia, sin quitarle los ojos de encima, se durmió.

Olas de noche la atravesaban.

Cuando a la mañana siguiente Lucas despertó vio a su madre feliz. Resplandeciente. Esta, enseguida, le contó lo sucedido. Lucas quiso conocer todos los detalles de la aparición, o visita, como la llamaba su madre. Cómo estaba vestido, si había dicho algo, si lo veía nítido, carnoso, o si Luz podía ver a través de su cuerpo. Si todavía usaba aquel bigotico de chulo.

—¡Qué aliviada estoy de que mi hermano esté bien…! –repetía Luz con una sonrisa.

La reacción de Hernán fue diferente. Escuchó a su madre con atención y luego se limitó a comentar:

—Si me pasa a mí me cago ahí mismo.

Luz contaba la aparición a los vecinos con tal naturalidad, que muchos pensaban que el hermano había venido de Cuba, a visitarla. Gabriel por su parte, hizo una pregunta a la que nadie supo responder:

—¿Y a qué creen ustedes que vino?

La larga hilera de vehículos centelleaba al sol. El cielo abría la boca y dejaba escapar un aliento espeso, relumbrante. El aire hervía. Hernán trabajaba sin prisas, pasando el vacuum cleaner por la pizarra, debajo de los asientos. Dentro del maletero. Vaciando los ceniceros. Frotando con trapo y limpiador el timón. El interior del parabrisas. La superficie de los asientos.

Cámaras fotográficas, latas de Miller, Budweiser, Coca-Cola, Seven Up; chiclets Adams, paquetes de condones, pequeñas cantidades de cocaína, marihuana, bestsellers, infant seats, bolígrafos —cientos de bolígrafos—, dinero, gorras, revólveres: cosas que encontraba en los carros.

Había trabajado muy de prisa durante las primeras horas de la mañana, y ahora, después de almuerzo, no se veía en la obligación de esforzarse para alcanzar la meta diaria de vehículos limpios. La sobrepasaría sin dificultad, sin apurarse. Después de la limpieza, los conducía hacia la isla de combustible, donde rellenaban los tanques para volverlos a dejar en los inmensos estacionamientos, listos para ser rentados nuevamente.

Las instalaciones de Avis estaban muy cerca del Aeropuerto Internacional de Miami. El estruendo de los aviones era constante; sus sombras acuosas deslizándose sobre el asfalto, sobre las naves refrigeradas donde estaban encerrados los burócratas, sobre los techos multicolores, incandescentes.

A gritos, asomando la cabeza por detrás de un enorme Cadillac, Hernán conversaba con Jean Claude, su compañero de trabajo, que laboraba a unos pasos, en la línea de automóviles contigua:

—¡Jancló! ¡Jancló¡ Así que tú no crees en los Ovnis...

El joven haitiano dejo de maniobrar un instante con el vacuum cleaner para contestarle.

—Claro que no, todos están conducidos por blancos. Nadie ha visto a un negro en uno. Ni siquiera secuestran a los negros.

—Coño, tienes razón, no había pensado en eso. ¿Pero por fin eres negro o haitiano?

—Soy haitiano. No supe que era negro hasta que llegué aquí.

—Cógelo suave, yo tampoco sabía que era hispanic. Eres muy joven, todavía tienes mucha mierda que vivir por delante.

Hablaban a gritos, haciéndose oír sobre el estruendo de los motores, los vacuum cleaners, la algarabía de las conversaciones de los demás obreros y el rugido de los aviones.

—Jancló, ¿quién tiene el aparato más largo, ustedes o los negros americanos?

Jean Claude sonrió poniendo al descubierto una espléndida dentadura. Tenía veinte años, los ojos grandes, de expresión blanda. Hermosos. Dulces. Hablaba español correctamente, con marcado acento cubano.

—Oye, cubano, ¿cómo es que ustedes siempre terminan hablando de sexo?

—Es el único tema verdaderamente universal.

—No es verdad… está la Muerte.

—Pero de ella no quiere hablar nadie. Así que nos queda el sexo… Y bien, ¿la tienen más grande que los brothers o no? Mira que tengo una cubanita curiosa…

—No jodas… ¿en serio?

—Coño… más que en serio. Pero quiere estar segura de que va a ser una cosa especial. Eso sí, tiene que pararse completa, nada de saraza y de ahí no pasa…

—¿Qué es saraza?

—A media capacidad, tú sabes… ella la quiere dura. Jancló, esta es tu oportunidad de probar el filete cubano. ¡Y como está la niña! Como para empezar a comérsela un lunes por el dedo gordo del pie y para el otro lunes estar todavía en el ombligo…Una semana entera con la careta de pelos puesta… ¡para empezar!

–¿Tú estás hablando en serio? No lo puedo creer… a las cubanitas sólo le gustan los yankis.

–Coño, Jancló, ahora sí que te jodiste… te jodiste completo… ¿De dónde sacas eso? Las cubanas no singan con americanos, la tienen muy chiquita, no maman, son un desastre. No se te ocurra decirle eso a una cubana…

–Bueno, hermano, no te pongas así, es lo que he oído por ahí. En la escuela.

–Claro, a otros haitianos que no se empatan con el filete y están roñosos. Yo soy el que sé de eso, Jancló. Esa es mi gente. Tú hazme caso a mí. ¿Cómo va la escuela? ¿El inglés?

–Bien. ¡Tengo sobresaliente! Todo es en inglés… aprendo rápido.

–No dejes la escuela esa por nada… Y a fin de año me traes el reporte con las buenas notas y ya sabes cuál es mi regalo…

–¿La cubanita?

–Filete cubano. Una niña que se la pone tiesa hasta a Miguel Barnet. Tú sabes que yo no como piltrafa.

–¿Quién es ese?

–Un mamalón comunista… no te preocupes.

–¡Hasta fin de año tengo que esperar!

–¡Coño!, pero qué quieres… ¡Estamos en noviembre! Falta poco, hazte pajas o ve resolviendo con tu haitiana. ¡El caviar es para celebrar las buenas notas!

–Trato hecho…

–*Is a deal?*

–*Yeah, deal.*

Continuaron maniobrando con los vacuum cleaners. La pausa, llena de ruido, se extendió por unos minutos. Después Hernán volvió a gritar por sobre el espesor del ambiente, el calor y el trajinar sudado de los obreros.

–¡Jancló! ¡Jancló! Oye. No me vayas a hacer quedar mal. No te vayas a aparecer allí con una cosita. ¿No serás cañón corto, no?

–¿Cañón corto?

–Sí, tú sabes, cortico… el aparato…

–No, hermano, eso sí que no, no ofendas…

–Está bien, está bien…

Otra pausa. Esta vez breve.

–Jancló… oye, lo de los Ovnis está más que comprobado; te voy a prestar un libro sobre eso que vas a ver lo que es bueno…

Olor a chirimoyas

Dos semanas antes de fin de año Lucas hizo unas fotografías a la madre. Ahí están. En ellas aparece la cabeza y parte del torso. De pie junto a la ventana del dormitorio. Poca luz, ya sea por la incompetencia del fotógrafo o el momento del día. ¿Día gris, de lluvia? Benefició el resultado. Es una foto a color, pero parece producto de una película en blanco y negro. La mujer no mira el lente, sino a un punto a la derecha de la cámara. Observa algo o a alguien que estuviera junto al que sostiene la cámara. Eso parece. ¿Vería al hermano? Estaba la aparición como antecedente. Porque no es una mirada absorta, perdida en un recuerdo, sino enfocada, puesta sobre algo concreto, reconocible: sólo que en el punto que mira todo lo que hay es nada.

La mitad del rostro está iluminado por un resplandor plateado, que en sus partes álgidas es azogue, mientras que la otra mitad aparece carcomida por las tinieblas. En el lado donde golpea la luz, un área junto a la nariz muestra los poros abiertos, una arruga profunda en forma de grieta, manchas, un lunar carnoso y opaco: paisaje lunar. De la boca parten ríos de arrugas, redecillas, arroyuelos. Van hacia las mejillas, profundizan al borde de las aletas de la nariz. Tierra lánguida. Viste una bata de casa de tela muy fina (¿desgastada por el uso?), con un rectángulo tejido a mano al frente. Canutillo. La piel del cuello es lisa y blanca y en ella destacan algunos lunares pequeños color café con leche. Al descender hacia los senos la piel oscurece. Suelo de bosque cubierto de hojas secas, hierba amarilla crecida bajo una piedra, estrías de barro cayendo hacia la profunda ranura entre los pechos. Morado. Un punto de luz en el botón de nácar.

La expresión del rostro, por mucho tiempo, los fascinará. Exhala nostalgia de un sitio imposible, desconocido; deseo no aceptado, insatisfacciones, remordimientos; descubrimiento de una paz que sólo es posible en el abismo. Angustias. Arañazos de olvido. Resistencia. Cansancio, también cansancio, pero sin poder de determinación, sin desgaste; y un fulgor que escuece en los ojos al mirarlos. Ambigüedad: por momentos podría decirse que denota alegría, triunfo, meta alcanzada, anhelo de heroísmo, serenidad, sosiego, un difícil equilibrio. Instantes después angustia, inseguridad, dudas atormentadoras, miedo, una niebla que avanza en la mirada que anuncia lágrimas. El rostro es de madera, de granito, de algodón, de nube, de acero, de tierra, de río. De olor a chirimoyas.

La expresión del rostro, por mucho tiempo, los fascinará.

Two in the morning'
and the party's still jumping
'cause my momma ain't home
I've got bitches in the living room
gettin' it on
and they ain't leaving'
'till six in the morning...[1]

Miguel alto y corpulento. Miguel ojos grises, amarillentos, demasiado juntos. Cambiantes. Miguel serio, macizo. Pectorales definidos. Bíceps prominentes. Hombros poderosos. Pelado al rape hasta una pulgada por encima de la oreja. Cabeza coronada por un escobillón de pelo. Según estipulaba la moda. Tennis Shoes Air de Jordan. El mismo aire perdido del padre, aire de tipo necesitado de protección. Pantalón a nivel de la cadera, tres tallas por encima de su medida. Amontonado a la altura de los tobillos. También la moda. Camisa Tommy Hilfiger. Aire de tipo solo, necesitado de ternura. Lo que lo convertía en un éxito con las muchachas. Basketball. Grandes, grandes manos.

Mientras conducía por Bird Road de regreso a casa se sentía feliz. El maestro, un cincuentón de aire estudiadamente descuidado, ridículo pelo largo (el Hippy, lo apodaban a sus espaldas) y espejuelos redondos –que al principio del curso le caía muy mal–, repasó las composiciones con aire displicente hasta llegar a una. Entonces le pidió que se levantara y diera lectura a su trabajo. Miguel lo hizo. Sorprendido, refunfuñando. Cuando concluyó, el maestro esperó a que las últimas palabras se posaran dentro de sus compañeros de aula y después dijo (para la clase) que acaba-

---

[1] Dos de la mañana y la fiesta sigue porque mamá no está en casa / Tengo a las putas en la sala / Y no se van hasta las seis de la mañana.

ban de oír algo bien escrito, que tenía nota de excelente, y añadió (para Miguel) que aquella composición libre sobre un acontecimiento que hubiera afectado su vida era literatura. Y buena. Que continuara escribiendo, que él mismo había publicado un par de novelas –una de las cuales había que leer como parte del curso– y sabía de lo que estaba hablando.

Miguel enrojeció, y se sentó apresuradamente.

> So what you wanna do?
> I got a pocket full of rubbers
> and my homeboys do too
> So turn out the lights
> and close the doors,
> but for what?
> We don't love them hoes[2]

–El Hippy está *full of shit* –dijo en voz alta llegando a la 57 Avenida–. Esa mierda que escribí no puede estar tan bien…

Pero decir eso no hacía desaparecer la felicidad.

Oprimió el acelerador. El Honda rojo, estilizado y potente, obedeció al instante. El tareco y el seguro del tareco se tragaban la mitad de su sueldo. Pero a pesar de las peleas del padre lo había comprado. Estaba harto de ir a la universidad en el otro cacharro. Bueno, no comprado. Aquí uno no compra nada, se lo alquila a los bancos, y como están construidos de forma que a los cuatro años se rompen, hay que alquilar uno nuevo. Con el padre no podía razonar sobre el asunto porque enseguida empezaba a meterle un discurso contra la televisión, el estado esclavista, la música de «esos negros raperos», los bancos y los McDonald's. *The man is crazy.*

---

2 Dime qué quieres hacer / El bolsillo lleno de condones y mis muchachos también / Así que apaga la luz y cierra la puerta / Para qué –tus putas no nos gustan.

Las bocinas instaladas en la parte posterior del vehículo hacían cimbrar el techo, los asientos, el timón. Millones de agujas enloquecidas revoloteando en el interior refrigerado del auto. El ruido no lo molestaba. Pertenecía a la generación del ruido. Cantaba:

> Rolling down the street
> Smoking Indo
> Sippin' on Gin & Juice
> (Laid back - with my mind on my money
> and my money on my mind)[3]

No pensaba decirle nada al padre. No sabía cómo reaccionaría. A lo mejor se alegraba por lo de la buena nota y punto. Pero cabía la posibilidad de que él y los dos tíos locos le empezaran a hacer la vida imposible para que escribiera un libro. Mejor mantenerlo en secreto por el momento. Total, la idea de contar algunas de sus experiencias en el gueto no era más que eso, una idea. Producto de aquella composición. ¿O estaba ahí desde antes?

The *fucking* profesor estaba equivocado… si él escribiera tan bien y supiera tanto de literatura viviría de sus novelas y no estaría perdiendo el tiempo con ellos. En esa universidad de mierda…

> So we gon' smoke an ounce to this,
> G's up hoes down
> while you motherfuckers bounce to this…
> Rolling down the street
> Smoking Indo
> Sippin' on Gin & Juice

---

[3] Rodando calle abajo fumando yerba, tomando ginebra con jugo / Pero tranquilo – con la mente en el dinero y el dinero en la mente.

(Laid back – with my mind on my money
and my money on my mind)...[4]

Cuando llegó a casa el padre estaba todavía en la carnicería y
Clara había ido al laundry. Sobre la mesa, una nota pidiéndole que
se reuniera con ella allí para ayudarla a traer los bultos de ropa. Fue
hasta el refrigerador y cogió una botella de malta Hatuey. Tendido
en el sofá de la sala, abrió la mochila y extrajo la composición del
folder donde la había guardado.

Tenía tiempo para leerla otra vez antes de ir a ayudar a Clara.

---

4   ¡Síí! vamos a fumarnos una onza de esto / G está puta arriba/puta abajo mientras
que ustedes cabrones se mueven con esto / Rodando calle abajo fumando yerba, tomando
ginebra con jugo / Pero tranquilo – con la mente en el dinero y el dinero en la mente.

Miel, melado

Soñaba con miel. Embotellada. Con melado de caña. También embotellado. Cajas llenando el interior del camión azul. Tropezando los cuellos ambarinos, las chapas amarillas, las etiquetas blancas. El camión azul. Correteando La Habana. San Rafael, Zanja, Carlos III, Infanta, 10 de Octubre, Zulueta, Amistad, Neptuno, Calzada de Luyanó, San Lázaro. Dejando la miel y el melado en las bodegas. Miel y melado La Selecta.

Llevaba varias noches soñando con El Viejo, como le decía Luz a su marido muerto. Al principio fueron sueños agradables, sencillos: ellos, jovencitos, bailando en los Jardines de la Tropical con Antonio María Romeu y su orquesta: sombrero de pajilla zapatos de dos tonos peineta de carey cielo de estrellas derretidas; ellos delgados, endomingados, sonriendo felices comiendo helados en el Parque Almendares: vainilla lenguas frías la ciudad bocarriba con los muslos abiertos; ellos en la cola de la Montaña Rusa en el Coney Island de la Playa de Marianao: algodón de azúcar voz de pinos olor a mar luz de neones; ellos en el taller de chapistería Luz pinchando con el dedo el bíceps cabezón, contraído: manchas de grasa en la cara en las manos hierro duro un tubo una máquina lijadora apoyada en la pierna el overol; ellos con el niño recién nacido en el estudio de Moré: bigote a lo Errol Flynn pátina sepia mofletes batica de hilo batido de trigo.

Sueños como si alguien le mostrara un puñado de viejas fotografías.

Después se complicaron, se oscurecieron los sueños. En uno ella abría la puerta de la casa en Miami y se encontraba al marido sentado en la butaca mirando la televisión y se alegraba mucho porque comprendía que no estaba muerto y llevando las manos al pecho, emocionada, preguntaba: pero Viejo, ¿entonces no estabas muerto?, y el sonreía y negaba con la cabeza como diciendo ¡Pero

¿cómo se te puede ocurrir eso?, la piel tersa el pelo negrísimo envaselinado peinado hacia atrás, y ella corría a su lado y él se incorporaba y se abrazaban y cuando su cuerpo tocaba el suyo se mezclaban y su mano se hundía en su rostro. ¡Miel! ¡Miel!, gritaba entonces aterrorizada embarrada de pies a cabeza y despertaba tratando de limpiarse la cara y el pecho y los brazos y corría al baño a meterse debajo de la ducha a quitarse de encima la miel de la muerte.

En otro sueño estaba de pie frente a la casa de Miami, sosteniendo una maleta. Al principio creía que era el momento antes del amanecer o el crepúsculo pues todo estaba en penumbras, envuelto en una luz fatigada, pero luego se daba cuenta de que no, de que la casa, el jardín, la calle, el barrio entero y hasta el cielo y las nubes que pasaban lentas y los automóviles que circulaban por la avenida y la avenida misma eran de botellas de melado La Selecta —se acercaba a la pared y leía las etiquetas para comprobarlo: La Selecta, enunciaba despacio—, y la penumbra imperante era la destilada por el melado y después entraba a la casa y dentro también todo estaba hecho de botellas, cuellos contra cuellos formando un entramado perfecto, llenas de aquel líquido oscuro y pegajoso: el televisor, los cuadros, los muebles y en el cuarto sobre la cama de botellas estaba acostado él, cuerpo también de botellas de melado, y se incorporaba al verla sonriendo con sus dientes de botellitas diminutas y corría a abrazarla —¡Luz, Luz!, exclamaba, y las palabras formadas por botellitas aún más diminutas caían sobre las losas rompiéndose, dispersando el oscuro contenido—entre tintineos y ella sentía el dulzor empalagoso en la boca y entonces abría los ojos.

Se había mordido la lengua y tenía la boca llena de sangre.

En ocasiones despertaba en plena madrugada y permanecía arrebujada en la cama, recién salida de uno de aquellos sueños. Pensaba en su difunto marido, trabajando desde que era un niño con su padre, cargando cajas como un mulo en la embotelladora propiedad de la familia, La Selecta, comiendo en la cocina, entregándole los pocos pesos que ganaba a la madre abandonada, para ayudarla con los gastos de la casa. Y después de repartidor, recorriendo el día entero la ciudad por una miseria. Hasta que se dijo que resultaba más soportable que lo explotara cualquiera, siempre y cuando no fuera de la familia, y se metió de ayudante en el taller de chapistería de un amigo. Lo recordaba de pie, inexpresivo, casados ya, con Lucas chiquitico, junto a la puerta de la cocina, al fondo del caserón del padre en La Lisa, esperando a ver si le daban algo de dinero extra, como aguinaldo por Nochebuena; esperando, esperando. Y dentro del caserón la luz y el bullicio de la fiesta y la música. Las sombras estilizadas de los invitados dibujadas contra los cristales. Hasta que ella se cansó y fue hasta donde estaba el marido y lo tocó por el brazo y le dijo: vamos Viejo vamos que se lo metan por el culo. Y él echó a andar a su lado y le quitó el niño y lo apretó y Luz lo miró de reojo pues le daba miedo mirarlo y en su rostro no había nada: frío y abismo.

Llegaba diciembre con su imitación de invierno que todos agradecían. El calor disminuía. La piel de los días se ablandaba, se tornaba tersa, lustrosa. Una alegría en forma de pelota rebotaba contra todo en el ambiente humedecido por la lluvia fina de los frentes fríos. Que en realidad eran restos amansados de las crueles tormentas invernales que azotaban el norte. Luz las contemplaba, blancas y espectrales, en los noticieros, y se felicitaba de vivir en Miami.

Cómodamente instalada en su butacón veía a toda esa pobre gente del norte caminar bajo el aire cortante, bajo la nieve, envueltos en infinidad de abrigos, apresurados y patéticos. Y repetía para sí misma con expresión satisfecha: Este es el único lugar habitable en todos los Estados Unidos.

Para los Torres la fiesta de fin de año era una verdadera tradición. Se reunían en casa de la madre. Asaban un puerco en el pequeño patio de tierra, mediante una ceremonia que comenzaba muy temprano, cuando Hernán iba a comprar el animal a una granja en Homestead. Después se encargaba de cavar un agujero en el patio para cocinar el cerdo y traía las parrillas, las hojas de plátano, las naranjas agrias. La madre había tratado de convencerlo para que usara el horno de la cocina, pero siempre el hijo argüía que un puerco a la cubana tiene que hacerse debajo de la tierra, de lo contrario «es una mierda». Para añadir enseguida que «en la tierra de allá es donde queda perfecto, pero sobre eso no hay nada que hacer. Hay que conformarse con la mierda de tierra arenosa de Miami».

Empezaban a entrar y salir apenas levantado el sol, cargados con todo lo necesario. Cervezas, ron, sidra, uvas para el brindis de las doce de la noche. Turrones. Todo se compraba en exceso, porque los hijos insistían en la abundancia. Aquella actividad llenaba a la madre de una alegría antigua, le hacía recordar fiestas similares en la isla; también traía de vuelta su juventud, el vigor perdido de aquellos años: la figura del marido comandando la escena, su risa afilada debajo del elegante bigote, sus dientes parejos y resplandecientes; los niños correteando alrededor de la enorme mesa dispuesta en el patio. Perros ladrando. El gato obstinado en encaramarse en la mesa. Las amistades del barrio, que pasaban a saludar, a desear un buen nuevo año. Prosperidad y salud. Los cohetes que estallaban, las luces de bengala coloreando el cielo, los disparos. El barrio, sumergido en el sudor del tiempo. Remolón. Una tropa de fantasmas endomingados, con las mejillas encarnadas por el ron, bailando sonrientes. Todo venía.

Las mujeres se arremolinaban en la cocina, y aunque Luz se ocupaba del arroz blanco, los frijoles negros y los plátanos maduros fritos, Clara y Elsa echaban una mano con la ensalada, mientras los hermanos, en el patio, ponían música en el CD player al tiempo que conversaban en voz alta, se enzarzaban en discusiones banales o lanzaban risotadas altisonantes por cualquier trivialidad.

Joe Arroyo, Celia Cruz, Benny Moré, Toña la Negra, María Teresa Vera, Barbarito Diez, el Trío Matamoros, Blanca Rosa Gil, Oscar de León.

Hernán había instalado una potente bombilla. Cuando cayó la noche la oscuridad retrocedió como si alguien le diera un manotazo.

En la cápsula de luz que amarilleaba las figuras y los objetos estaban: la música, la larga mesa cubierta con el mantel de hule de motivos navideños, los olores, el humo del asado que escapaba por entre las hojas de plátano y los grumos de tierra, el movimiento de los cuerpos, las voces mezcladas —ese puerco se va a quemar como el del año pasado *óyeme bien bailador y deja que te invada la alegría* comemierda quedó perfecto todos los escritores son unos borrachos *un pasito cun cun aé y otro pasiiiiito* tengo un hambre del carajo ahhhhh qué rica fría fría está la cerveza en un ratico ya podemos comer *allá en la Siria hay una mora* ¿cuál era el único cantante que acompañado por un músico formaba una orquesta de once? ¡Barbarito Diez! eso es más viejo que andar a pie yo me puedo morir tranquila porque sé que ustedes van a cuidar a mis hijos este es el mejor puerco que van a comerse en sus puñeteras vidas ¡Elsaaaa tranquiliza a esa niña! le ha dado por decirle oligofrénico a todo el mundo *ausencia quiere decir olvido decir tinieblas decir jamás* salió a ti loca de remate aguántala ahora esa es de mis tiempos súbela un poquito Hernancito *si tantos sueños fueron mentira por qué se queja cuando suspira tan hondamente mi corazón ausencia* esa niña es la esperanza de la familia ¿cómo se dio cuenta tan pronto de que todos éramos oligofrénicos? Mima eso es muy triste vieja vamos a poner el merengue del peo ¡no eso no! coño me tienes hasta el último pelo con esa mierda una aguantona es lo que he sido toda mi vida coño me quemé que alguien me traiga hielo *te tiraste un peo fó te tiraste un peo* Miguel ese pantalón te queda un poco grande jijijí fuck you man ya está el arroz me gustaría tener un hijo pero él no quiere no se le puede ni mencionar el asunto porque se pone hecho una fiera no seas pendejo no te hiciste nada pongan los platos en la mesa que voy a servir ahora un poquito más de mojo criollo y pingúo… prueba, prueba este pellejo…–, y untadas de algo infantil, el raspar de las suelas sobre el cemento, los gestos coloreados, las risas, el tintineo de los vasos, la respiración de la noche.

Debajo del arbolito estaban los regalos. Un promontorio reluciente de cajas forradas con papeles de colores chillones; lazos. Desde el patio, a través de la puerta abierta podía verse el árbol lleno de bolas y adornos, guiñando las diminutas bombillas: rojas, verdes, amarillas, azules. Todos a la mesa, comían. Las conversaciones se entrecruzaban, espesando el espacio. El débil frente frío, largamente anunciado, estaba a punto de llegar. El cielo sobre sus cabezas lucía un tono rojizo, engarrotado.

–Oye, hace frialdad… ¿no?

–Sí, ha refrescado…

–Menos mal coño, un fin de año sin frío no es un fin de año.

–Este es el mejor puerco de Miami.

–En vez de dedicarnos a escribir debíamos haber puesto un timbiriche y vender pan con lechón…

–Nos iría mejor…

–Todavía están a tiempo…

–Oye tu mujer está por la goma hoy.

–Ella puede decir lo que quiera para eso es la princesa de la casa.

–¡Que descarado eres! ¡Pero qué descarado, Virgen Santísima! ¡La princesa de la casa!

–Caballeros, échenle un poco de ron a los santos…

–Sí sí sí, ya el otro día Mima tuvo visita. ¿Verdad Mima?

–Búrlense… búrlense, que yo sé mis cosas…

–No me estoy burlando, tú sabes que yo no juego con eso.

–Luz, ¿y cómo era, transparente o cómo? ¿Estaba al lado de la cama? ¿Te dijo algo?

–Nonono… a la entrada del cuarto. Bastante cerca, eso sí. ¿Pero quién te dijo que los muertos son transparentes? Iguales que tú o yo, así son. No me dijo nada, nada más que me miraba así con la sonrisita esa que tenía…

–No, yo pregunto… nunca he visto ninguno, no tengo vista para eso…

–Oye, pásame unas masas que lo que me han dado es pellejo nada más.

–¡Pero si el pellejo es lo mejor!

–Por eso, cómetelo tú…

–Pero… ¿cómo sabes que estaba sólido si no lo tocaste?

–Eso se sabe, Clara, eso se sabe. El cuerpo es un lugar triste. Cuando uno es viejo es distinto.

–¿Qué? No, yo te pregunto si estás segura que era sólido y no como humo… gaseoso, ya sabes… un fantasma ¿Estás bien, Lucecita?

–Sí sí… muy bien.

–Coño, esta ensalada está divina…

–¿Miguel de que estará disfrazado? ¡Quítate ese plumero de la cabeza muchachón!

–Oye, Hernancito, a mi Beibi déjamelo tranquilo…

–Déjalo Mima, que se cree que es gracioso… ¿Quién le dio ese vaso de cerveza a la niña? ¡Mónica!

–Déjala que un día es un día.

–No chico, que luego sale borracha igual que tú…

–Es mejor ser borracho conocido que alcohólico anónimo.

–Cómo le gustaba a tu padre el fin de año…

–Vamos Mima… no te vayas a poner a llorar que esto se supone que es una fiesta. Pipo está en el Cielo con San Pedro y todos los demás borrachos, pasándola bien… jugando al dominó.

–Eso, ríete un poco…

–¡Cómo ha enfriado! Mijo, tráeme un suetercito que tengo encima de la cama, hazme el favor…

–Déjame volver a llenar la fuente de frijoles que ya estos bestias la vaciaron.

–¿Alguien quiere más?

–Yo quiero un tin para mojar este poco de arroz que me queda.

–Qué animal…

–Yo el espacio que me queda lo voy a dejar para los turrones y las uvas…

–Coño, nos quedaremos sin comer turrones, porque esos espacios tuyos son como el Gran Cañón del Colorado.

–Oye quien habla, Tragaldaba el que come y come y nunca caga…

—Ajajajajá… ¡Tragaldaba el que come y come y nunca caga!…
¡Tragaldaba el que come y come y nunca caga!

—¡Moniquita! Eso no se dice… nunca repitas lo que dicen los
adultos, todos son unos cerdos. Son adultos, eso lo dice todo,
están jodidos.

—¡Oye al otro!

—Ya a este el ron lo bateó para el otro lado.

—Déjame ayudar a recoger un poco. Gabriel, trae esas fuentes a la cocina. ¡No has tocado la comida, sólo te has comido la
ensalada!

—Es que estoy con las alergias…

Cargaron el televisor de la sala, el más grande, hasta el patio.
Hernán buscó una extensión que guardaba en el maletero de su
Toyota. Lo instalaron sobre la mesa. Faltaban pocos minutos para
las doce y todas las estaciones trasmitían en cadena desde Times
Square. La multitud boqueaba como un pez fuera del agua, los
ojos clavados en los números digitales que marcaban los segundos,
los minutos, allá arriba, en la torre. Los espasmos finales hacían
a la multitud contorsionarse, chillar, agitar las manos señalando
el cuerpo del año que se deslizaba hacia el abismo. La nieve descendía sobre la escena. Sus cuajarones mágicos fragmentando los
edificios cuyas puntas se perdían en el cielo plomizo, encarnado;
blanqueando los sórdidos callejones. El eco del conteo que brotaba
de la pantalla repercutía como si Manhattan fuese una enorme
caverna. Las paredes de piedra del cielo, sobre sus cabezas, ful-
gurando, como iluminadas por resinosas teas.

Empezaron a corear con el televisor:

—¡Siete!…¡Seis!…¡Cinco!…¡Cuatro!…¡Tres!…¡Dos!…¡Uno!…
¡Happy New Year!

Tomaron sorbos de las copas llenas de sidra, comieron las uvas.
Después se abrazaron y besaron rodeados por la música, por el
clamor que ascendía de las casas para perderse en el cielo limpio.

Muy cerca, sonaron disparos.

–¡Eso fue un Magnum, por lo menos! –exclamó Hernán mirando hacia arriba–. ¡Mira Mónica allí va la bala!– añadió alzando el brazo y abrazando a la niña.

–¡A ver, a ver!

–Pero qué pesao…

–¡Coño, brindemos porque el año que viene estemos otra vez aquí! –gritó Lucas, alzando su copa.

Todos brindaron por eso.

Entonces Luz, imponiéndose a la algarabía que salía del aparato, volvió a llenar su copa y dijo:

–Quiero que me prometan que si me muero van a escribir un libro sobre mí, los tres. No una cosa lloriqueante diciendo mentiras de lo buena que yo era y todo eso… No, un buen libro, literatura de verdad, pero que su madre sea la protagonista. Eso será un gran tema. He pensado mucho en el asunto. Se imaginan… tres hermanos escritores unidos en un libro sobre la pérdida de la madre. ¡Eso es un Gran Tema! Nadie se atreverá a ignorarlos nunca más.

–Mima, gracias, pero tú nos vas a enterrar a todos –la interrumpió Hernán riendo.

–No, en serio, prométanme eso…

Viendo que su madre no desistiría fácilmente de su idea, y seguro de que había bebido demasiado, Gabriel levantó su copa y gritó:

–¡Lo prometo!

Sus dos hermanos hicieron lo mismo entre risas.

Dos semanas más tarde, se levantó temprano. Estuvo metida en la ducha largo rato. Cantaba. La voz mezclada con el trepidar del chorro de agua. Antes de entrar en el cuarto de baño hizo café, como de costumbre, y le llevó una taza a Lucas, a la cama. Cuando estaba entalcándose –golpeaba con una mota enorme el pecho, el vientre, la espalda, bajo los brazos, hasta terminar pareciendo una máscara del teatro kabuki– le llegó, desde el cuarto, la exclamación gomosa y retardada del hijo: ¡Mima, qué rico estaba el café!

Se puso blumers y ajustadores nuevos. Le aterraba la idea de morir, y que los médicos en el hospital la vieran con ropa interior vieja, o rota. Cuando terminó de vestirse, pasó el trapeador para secar el agua que siempre salpicaba por la rendija de la cortina plástica. La cortina tenía impreso un paisaje marino. Dunas de arena quemada, gaviotas, unas estrías de diversos azules que representaban el mar y una gran bola de fuego: naranja, rojo, violeta y amarillo limón que eran el sol y el cielo del amanecer. «Como el cielo de Cuba», pensó peinándose hacia atrás el cabello y sujetándolo con una peineta.

Fue hasta el cuarto de Lucas. Abrió un poco la puerta. La cabeza del hijo, cuyo cabello canoso empezaba a escasear, reposaba sobre la almohada. La sábana le cubría el rostro. Volvió a la sala. Hizo un alto frente al altar. Miró a sus habitantes un momento. Después, con paso firme, fue a la cocina. Abrió el monedero y sacó dinero, que introdujo en el bolsillo del short. Volvió a colocar el monedero sobre la repisa de la cocina, pero luego cambió de opinión y lo guardó en el bolsillo trasero. Entonces se encaminó a la puerta. Ya en el umbral, dirigió la mirada al cuarto de Lucas. Permaneció inmóvil unos instantes. En el rostro, aposentada, una ternura.

Después, con expresión de júbilo, triunfal —la expresión de alguien que asume un destino glorioso— murmuró como dirigiéndose desde un estrado a un enorme público:

—Ya verán, ya verán quiénes son mis hijos.

Y añadió, tras una breve pausa, en voz alta, sonriendo:

—Lucas… ¡voy a buscar el pan!

El chofer del Pontiac hace una brusca maniobra, al tiempo que pisa los frenos, para evitar la colisión. Demasiado tarde. El cuerpo de la mujer golpea la defensa, asciende, oscila frenético sobre el capó. Al girar, ejecuta en el aire algo que parece un paso de danza: la cadera apoyada sobre el reluciente metal, manso verde esmeralda, en un punto próximo a la cabeza del indio de rasgos niquelados, con las alas –¿son alas? ¿plumaje ritual?– extendidas, que se prolongan hasta unas pulgadas del parabrisas.

Ese punto mínimo en el que se apoya la cadera actúa como vórtice del cuerpo que gira, casi recto –las rodillas apenas flexionadas, el torso inclinado hacia adelante–, como el de un gimnasta al abandonar su aparato y disponerse a acometer la última figura antes de aterrizar sobre la lona, bajo la mirada severa de los jueces. Procurando la perfección, la máxima belleza.

Eso hace el cuerpo impactado de la mujer: dejar en el aire, en el fugaz instante, la huella indeleble de una armonía espontánea, inocente. Una armonía insumisa, heroica. Cargada de una insólita felicidad.

Ha transcurrido una milésima de segundo.

La mirada del chofer y la de la mujer se cruzan.

Una: acuosa azulada por el reflejo del cielo; otra: astillada por un negror que avanza impasible mordiendo la mañana.

Él recordará más tarde –así consta en el reporte policial– que la mujer ríe. Que en el rostro que flota gira vuela arde estalla, que sale despedido como un proyectil choca con el pavimento rebota y desaparece bajo las ruedas, hay una sonrisa.

Lucas abre la puerta del baño donde ha ido obligado por unas perentorias ganas de orinar. Está en el baño de la casa de la infancia, en La Habana.

Cierra los ojos. Tiene miedo abrirlos.

Hernán despierta. Al pie de la cama hay un elefante pequeño que lo mira moviendo la trompa acompasadamente. El elefante sonríe.

Gabriel se agacha a recoger el periódico que yace sobre la hierba todavía húmeda. Siente que ha sucedido. Otra vez. La ciudad se muere y renace bajo sus pies. El Universo se concentra y se precipita.

Cae de rodillas. Tiembla.

Cuarenta años antes, los tres niños están sentados al borde de la calzada. Cae la tarde. El rumor de la corriente del día que muere los rodea. Observan atentos los vehículos que se aproximan. Es la única vía con tráfico en el barrio; van todas las tardes a jugar allí. El juego consiste en identificar la marca y el año de los automóviles que pasan. El que primero lo hace es declarado «dueño» del vehículo en cuestión. Le pertenece.

–¡Chevrolet del 52! ¡Oldsmobile del 55! ¡Ford del 50!

Van anotando las adquisiciones de cada uno en un papel que sostienen sobre las rodillas desnudas y arañadas. El mayor lleva la delantera. Poco después lo supera el menor.

Ven acercarse a la mujer, con paso rápido. Ha salido de la casa, dos cuadras más abajo. Se detiene a conversar con una vecina que ha cruzado la calle, desde la bodega. Intercambian algunas frases. Alcanzan a escuchar las risas: quemadas, anaranjadas; ascendiendo por el aire transfigurado hacia las pequeñas nubes. Minutos más tarde la madre llega a la calzada y los observa un instante antes de hacer un gesto con la mano y decir:

–A comer, vamos, que se enfría la comida…

Le gritan a coro que espere un momento, que están empatados y así no quieren terminar el juego.

–¡Chevrolet del 55! ¡Dodge del 48! ¡Mercury del 49!

La mujer atraviesa la calzada y va a sentarse junto a ellos.

–¡Mira Mima! Les estoy ganando –dice el mayor de los tres con los ojos iluminados.

–¡Nada más que por uno! –grita el más pequeño.

El mediano no dice nada. El rostro enfurruñado, los ojos clavados en la calzada que se ensombrece por momentos.

Los automóviles han encendido los faros y es más difícil identificarlos.

Un bulto sombrío dobla de una lateral. Las luces centellean y barren las copas de los árboles esponjosos, que se recortan contra un cielo de tierra. La mujer se levanta y los conmina a marchar.

—¡El último, Mima, el último! —ruegan a coro.

El vehículo se aproxima. Treinta, veinte, diez metros.

Pasa.

Un manchón niquelado, ronroneante, elástico.

Los hijos permanecen en silencio.

—¡Pontiac del 56! —dice la madre, mirándolos divertida.

—¡Es tuyo Mima, es tuyo! —gritan los tres niños.

Se levantan, la abrazan, ríen, danzan a su alrededor.

Accidente

EDIPO: ¿Cuál es el rito de la purificación? ¿Cómo ha de hacerse?
CREONTE: Por medio del destierro, o resarciendo la sangre vertida con otra sangre.

Sófocles, *Edipo Rey*.

Pincha el ojo izquierdo primero, debajo del iris, en la zona húmeda, de un blanco gastado. Cuando retira el pedazo de perchero un líquido espeso resbala hasta el borde hinchado, negro, del párpado y alcanza las rígidas pestañas. La mujer no se mueve, pero los labios tiemblan. Un poco más de sangre resbala sobre la otra sangre seca, pero no hay sonidos. Ha dejado de gruñir días atrás. Tirita, eso sí. Pero la lengua está demasiado estropeada para que pueda articular palabra. Se aparta un poco para que la potente luz de la bombilla impacte de lleno sobre su rostro. Estudia los colores. El pelo sucio y escaso se pega al cráneo manchado de tinte. Un tinte morado que se va desprendiendo del cabello con el sudor. Tiene más canas ahora que cuando llegó. Canas color leche vieja. También tiene más arrugas, profundas arrugas que bajan desde el borde de los ojos y la boca y desembocan en el cuello, en el mentón partido. A veces se sienta a mirarlas bajo la fuerte luz. Son el mapa de un sitio conocido que no acierta a identificar. Un río, una calle, un barrio, una ciudad, un país que aparece intermitente en el amasijo de líneas. Introduce otra vez el alambre; lo siente tropezar con algo duro. Aumenta la presión y por un momento cree que se doblará, pero luego con un crujido áspero encuentra su camino. Hasta que la mano tropieza con la mejilla.

Al principio, usó guantes, pero luego los desechó porque de alguna manera los separaban. Y él no quiere que nada los separe. Así que ahora siente la mezcla pegajosa de sangre, vómito y sudor adherirse a la palma de su mano. Y el calor. La tibieza de la piel que le asegura que aún vive, tal y como desea. El alambre ha alcanzado algún punto neurálgico porque el cuerpo de la mujer se agita como cuando le aplicó los corrientazos. La soga con la que está atada cruje y se incrusta en la carne hasta casi desaparecer. Mantiene la presión para sacar el máximo provecho del contacto alcanzado. La cabeza comienza un movimiento rítmico, de un lado a otro, lo que hace que el alambre entre y salga del ojo también rítmicamente. La cantidad de gelatina que brota de la herida aumenta esparciéndose por la mejilla hasta mojar los dedos. La temperatura del líquido lo anima y se dice que dentro está llena de vida. Todo marcha bien. Mira el almanaque que cuelga de una de las paredes, para estar seguro por décima vez de que es 20 de marzo. No puede morir hasta el 22. El cuerpo de la mujer sigue moviéndose presa de violentas convulsiones. Los huesos astillados del rostro, la mandíbula rota, chasquean. La sangre brota otra vez por los lacerados orificios de la masa deforme que fue la nariz.

Murmura una canción obscena aprendida durante la infancia y, sin dejar de penetrar el ojo izquierdo, clava el otro alambre con mano firme en el iris del ojo derecho.

Cuando le preguntaban cuál era la mayor virtud de un ser humano, siempre respondía sin vacilar: la paciencia. En cantidades industriales. Paciencia, paciencia y paciencia; ésa era la clave de cualquier triunfo. Ella y sólo ella le había permitido llevar a cabo su venganza. Siete largos años esperó, y lo hizo humilde, calladamente. Acudía a la carnicería, puntual, como un esclavo más. Esperando. Siete años esperó. Se dice fácil. Pero para él resultaron la mayor de las torturas. Ahora lo comprendía mejor que nunca. Ahora que el accidente, todo el accidente, estaba por culminar. Una tortura mucho peor que haber tenido que abandonar su país dejando a su familia; país que era un infierno, pero era el suyo. Mucho peor que la travesía en aquel pequeño bote rodeado de tiburones. Mucho peor que todas las horas perdidas frente a sus cuadros, luchando por conseguir algo imposible, que simplemente no se podía pintar. Mucho peor que los años que trabajó como un perro y ahorró hasta el último centavo para reunir el dinero necesario para sacarlos de la Isla. Hasta que los sacó por España, y entonces tuvo que seguir trabajando en dos trabajos para ayudarlos, porque la Madre Patria resultó ser tremenda hija de puta y dejaba entrar a los refugiados al país, pero les prohibía trabajar.

Por aquel tiempo comprendió que nunca aceptaría el Orden. Que aceptarlo era como renunciar a la condición humana misma. Nunca faltaba al trabajo, sufría la explotación, sumiso, y ejecutaba a la perfección su papel de animal domesticado. En la carnicería del Publix o en cualquier otro sitio. Pintaba por las noches, y cuando no tenía dinero para comprar tela, dibujaba o trabajaba en pequeñas acuarelas.

De vez en cuando compraba algo. El que no compra en esta sociedad es considerado un sospechoso. Había leído en algún sitio que una de las agencias secretas del Gobierno Central (todas las agencias que te joden son secretas) instaló un nuevo y aún más sofisticado programa computarizado que catalogaba a los habitantes del país según su nivel de consumo. Un gran consumidor era un buen ciudadano, y viceversa. También descubrió que Dios no existía. Cosa que sospechaba desde mucho tiempo antes, pero no se atrevía a aceptar. Una noche condujo su automóvil lejos de la ciudad, hasta uno de los pocos espacios despoblados que quedaban y allí, bajo las estrellas, entre la hierba que casi lo cubría, se cagó en su madre diez mil veces seguidas. La seguidilla de insultos trepó, como una oración, hasta la bóveda indiferente y rebotó perdiéndose en el horizonte, pero no hubo respuesta. Se arrodilló. Era la primera vez que lo hacía desde su remota infancia, en los duros bancos de madera de la iglesia del barrio. Pidió a su padre muerto que apareciera, que le diera una señal, que lo ayudara a soportar todas las humillaciones que tenía por delante. Rogó a sus abuelas enterradas y podridas un montón de años atrás allá en la Isla. Nada. No se dio por vencido, suplicó entonces a ese Dios en el que no creía que lo eliminara de una vez. Pero nada sucedió. O sí, sucedió algo, se sintió libre. Sintió como si un gran peso lo abandonara. Se levantó de un salto, ligero. Aquella fue la última vez que se arrodilló ante algo. Conduciendo de regreso experimentó una alegría atroz. Ahora sabía que estaba solo, y que después de la muerte no habría nada.

La ciudad en el horizonte, a medida que se aproximaba, parecía más monstruosa, más humana.

Después de años de esfuerzos por fin pudo traer a su madre. La abrazó en el aeropuerto un buen rato. En la muñeca seguía colgando la argolla roja que había heredado de su tatarabuela, y que nunca se quitaba. Sintió una misteriosa continuidad. Disfrutó su olor casi olvidado. Olor poderoso que contenía la infancia. Gracias a la distancia había aprendido a apreciarla. Miró muy de cerca su rostro arrugado, todavía hermoso, su pelo gris, sus ojos dulces. Durante la adolescencia, resentía que lo hubiese traído a este lugar horrible sin su consentimiento. Pero luego comprendió que ella también era una víctima del Orden, de aquel Dios inexistente. Y la perdonó por víctima y porque además estaba el vínculo misterioso que tenía su origen en los genes de algún olvidado antepasado. Eso que hacía que compartieran algún gesto, la forma de reaccionar ante un olor, ante una situación determinada. Ese vínculo que los hacía diferentes. Únicos en su especie.

Como no ganaba suficiente para pagar dos apartamentos, por modestos que fueran, tuvieron que vivir juntos. Poco tiempo después comprendió que aquella mujer era el único habitante del Universo con el cual tenía una relación real. Y lo que era más importante, la única con la que estaba relacionado, quisiéralo o no. Aquello transformaba el asunto en algo misterioso. Podía retar a Dios y cagarse en su madre y apartarse de Él definitivamente y a consecuencia de ello sentirse libre. Pero le resultaba imposible desvincularse de aquel ser casi indefenso que dependía de su ayuda para sobrevivir.

La sangre casi no brota ya. Sólo de vez en cuando una gota gruesa y negra cae, pesada, sobre las sábanas, toallas y otros trapos que cubren el suelo alrededor de la silla a la que está atada la mujer. La silla está clavada contra un poste de madera que apuntala los horcones que sostienen el techo del sótano. A la derecha, en un rincón que apenas alcanza la luz, las sombras consumen la tosca escalera que conduce al comedor. Gabriel se halla de pie frente a una gran tela que se apoya en la pared. Trabaja con largos y gruesos pinceles, con brochas, pedazos de madera, disímiles objetos, con las manos. Absorto en su trabajo, apenas escucha un sonido gutural que escapa del hueco maloliente rodeado de carne azul que es la boca de la mujer. Cuando el sonido se repite vuelve la cabeza por un instante y luego regresa al trabajo. Las gotas demoran en caer, desde las heridas producidas por las sogas en los brazos, desde la nariz partida, desde las mejillas profundamente laceradas. Se van formando en un proceso lento para luego aterrizar sobre las telas encharcadas que se amontonan alrededor de la silla, con un chasquido apagado.

Llegaba agotado del trabajo y enseguida se encerraba en su dormitorio, que le servía de estudio. La madre, indefectiblemente, se asomaba a la puerta, desprendiéndose de las infinitas telenovelas, y le aconsejaba, como si recitara un sermón, que lo dejara para el fin de semana, que al otro día tenía que levantarse temprano a trabajar. Ella no entendía nada, pero Gabriel ya estaba acostumbrado. Le daba un beso y las buenas noches, cerraba la puerta y seguía absorto en la única labor que consideraba verdadera. Hasta que se dormía sobre los papeles, acodado en la mesa, o echado en el suelo. ¿Por qué continuaba atado a aquella tarea inútil que a nadie interesaba excepto a él mismo? Esa era una pregunta para la que nunca encontró respuesta. Trató en varias oportunidades de dejarlo, pero a los pocos días regresaba. Su relación con aquellas imágenes era semejante a la que tenía con su madre. Formaban parte de algo que no entendía, pero a lo que no podía renunciar. Pintaba unas figuras grotescas, que se ensartaban, que se torturaban unas a otras aspirando a una especie de poesía del horror. Durante cierto tiempo, una galería local lo representó. Pero nada se vendía y sus obras despertaban el rechazo general y algún escándalo. En una ocasión lo acusaron de pornógrafo infantil porque alguien creyó ver en un dibujo las siluetas de dos niñas que se masturbaban. Como respuesta, arguyó ante un periodista –que luego reordenó sus palabras según le convenían– que él pintaba la vida, y que (en caso que estuvieran, a fin de cuentas, en aquella obra) las niñas ciertamente se masturbaban y que estaba seguro que se lo pasaban muy bien haciéndolo.

Aquello fue el fin de su experiencia, aventura solía decir, con las galerías. El dueño le explicó que la decisión de dar por terminada su asociación obedecía a problemas económicos, y en modo alguno a presiones políticas o al contenido de las obras. Era falso, parte del discurso hipócrita impuesto por el Orden, pero Gabriel pensó que daba lo mismo, recogió sus obras y se marchó. Poco tiempo después se enteró de que un espectador se sintió tan perturbado por uno de sus cuadros que había vomitado en el sitio. Eso lo llenó de una rara felicidad. A partir de aquel momento hizo todo lo posible por desaparecer del llamado «mundo artístico» de la ciudad. A veces telefoneaban otros pintores o algún periodista, pero no contestaba las llamadas. Circuló el rumor de que había dejado de pintar. Entonces lo dejaron en paz. Por aquellos tiempos adoptó el método que lo liberó de problemas de espacio. Una tarde apretujó todas las obras que tenía en el automóvil y se fue al mismo descampado en el que había insultado a Dios y ganado su libertad. Allí las quemó minuciosamente, cerciorándose de que nada quedara de ellas. Regresó a su habitación y se paró frente a la única tela que conservara. Medía unos tres por cinco metros. En ella se entrelazaban unos seres hermosos, llenos de protuberancias que estallaban en una especie de júbilo doloroso. Le gustaba, sentía como se escapaba de su tejido (¿o era carne?) una felicidad, una dicha que sabía brevísima pero inigualable. Estuvo un rato contemplándola y luego, sin titubear, la tapó con pintura roja, que siempre usaba de base.

De ahora en adelante los cuadros al alcanzar su esplendor estarían condenados a morir, como debe ser. Ignorando el Mercado y el Orden. Estaba condenado a pintar, así como estaba condenado a cuidar de su madre. Pero aquel sería un asunto estrictamente personal.

La madre soñaba con una casa. Una casa grande, con patio para tener animales, gallinas, conejos, perros. Una casa de tejas, con ventanas Miami, insistía en aquel tipo de ventanas. Una casa con todo, para que a sus nietos, cuando llegaran, y al decir esto siempre posaba una mirada entre pícara y angustiada en el rostro del hijo, no les faltara nada. Una casa con un gran escaparate de dos hojas, y un jazmín al borde de la ventana de la sala. Con piso de losas italianas, blancas y negras, como un tablero de damas. Una casa familiar, con mucha luz y brisa y un almendro enorme al frente. Gabriel la escuchaba hablar mientras compartían la cena, o cuando los fines de semana se sentaban frente a la pantalla a hacer compras, o a compartir una horrenda telenovela.

Con los ojos cerrados la escuchaba, para disfrutar de su voz, al tiempo que pensaba que nunca podría comprarle aquella casa a su madre.

Con los años, el tiempo empezó a hacerse más lento. Gabriel lo atribuía a la llegada de la felicidad. Paladeaba aquella lentitud alcanzada como una victoria contra la gran maquinaria del Orden que tenía como ley primera la velocidad. La clave de aquella felicidad, pensaba, era la armónica simplicidad de sus vidas. Gracias a un régimen austero y a su sentido del ahorro, ahora podía darse el lujo de tener un solo trabajo (durante años tuvo dos), que realizaba de manera eficiente, fingiendo a la perfección ser otro esclavo más, mientras su pensamiento vagaba sobre la cada vez más gruesa superficie de la tela que lo aguardaba. Consumía con moderación, para no despertar sospechas, aunque sobre todo para rodear a su madre de comodidades y de objetos que odiaba, pero que a ella le daban una sensación de triunfo, de realización, que no quería negarle. Para él compraba colores, pues los pinceles los usaba muy poco. Pintaba con las manos, pedazos de madera, alambres o cualquier otro objeto que le viniera bien. Su intimidad con aquella tela era absoluta y no la veía como una obra, sino como una forma de conocerse, de ser en otro ámbito y también como un refugio, un territorio para escapar del Orden y sus lineamientos, y de la velocidad de la sociedad y de la vida. Que ya eran una misma cosa.

Allí, junto a la tela, notó por primera vez que el tiempo se hacía más lento. Parecido al tiempo de la isla. Luego aquella lentitud aumentó, abarcó toda la casa, y la convirtió en un islote perdido en el océano inmenso de la rapidez del mundo.

Una noche aquel espacio pastoso (las capas de pintura tenían ya varias pulgadas de profundidad) le despertó unos deseos insoportables. Sus contactos sexuales, desde que su esposa lo abandonara años atrás, se limitaban a aventuras fugaces y esporádicas que comenzaban casi siempre en algún bar de la Pequeña Habana y terminaban en un motel cercano. Desnudo, se masturbó pegado a la superficie del cuadro. Al terminar, retrocedió unos pasos para comprobar que el semen se integraba perfectamente a la obra.

Las conversaciones con la madre los regresaban siempre a la tierra natal. A la familia lejana, con la que apenas tenían contacto. A él no le interesaban ya aquellos ejercicios nostálgicos, pero le seguía la corriente. La nostalgia era parte de la tranquilidad que disfrutaban. Una tranquilidad ganada gracias a la capacidad de pasar inadvertidos, gracias a una reclusión voluntaria. La felicidad se manifestaba sencillamente: llegaba del trabajo, abría la puerta de la casa (siempre decían casa aunque se trataba de un apartamento) y allí estaba ella sentada frente al televisor. Entonces sentía la extraña sensación de pertenecer. Y el tiempo empezaba a frenar cuando cruzaba el umbral. Le pasaba la mano por la cabeza al seguir rumbo a la cocina. Su entorno y su propia vida adquirían un sentido que emanaba de su presencia. De que estuviera allí.

El cuadro (o quizás sería más exacto decir los cuadros) nacía y moría a lo largo de los meses y los años. Gabriel se aseguraba de que no aparecieran en alguna de las fotografías que le hacía a su madre, a la que le encantaba, sin que pudiera explicar el motivo, que la fotografiaran. Era sumamente importante que no quedara rastro alguno de ellos. Morían al alcanzar un esplendor fugaz que no era más que el preámbulo de otra búsqueda. Como trabajaba desde un estado de libertad total, sin estúpidas y aburridas ataduras de estilo y sin tener que hacer concesiones al Orden o al Mercado, se podía dar el lujo de crear lo que quisiera, como quisiera.

En una ocasión trabajó durante meses en el retrato de su madre. El resultado fue extraordinario. El rostro de la anciana

meticulosamente reproducido lo miraba desde la tela, dulce-
mente. Aquella imagen, que podría haber sido atribuida sin
titubeos a Velásquez, Goya, Ingres, Lucian Freud o cualquier
otro maestro por su perfección formal, tenía sin embargo algo
que la conectaba con su obra. Estuvo meses regodeándose en el
acabado, enriqueciendo la textura, logrando que cada mínima
arruga pareciera viva, pura piel envejecida al tacto. Hasta que
una madrugada cubrió la obra con una gruesa capa de pintura
roja. Y luego se durmió feliz.

La madre se ocupaba de todos los quehaceres de la casa. A
sus setenta años se conservaba fuerte y llena de energía. La veía
trajinar en la cocina, o desempolvar los muebles, y se asombraba
de su vitalidad. A sugerencia del hijo, salía a caminar todas las
mañanas para hacer un poco de ejercicio, lo que le venía muy
bien, según declaraba entusiasmada. Algunos domingos se iban
a la playa al amanecer. Aunque se trataba del único día que tenía
libre y generalmente lo dedicaba a pintar, Gabriel sabía que el mar
llenaba a su madre de alegría, por lo que nunca ponía obstáculos
cuando ella sugería, a mitad de semana, que pasaran el domingo
en Miami Beach. Como isleños al fin y al cabo, la relación con
el océano provenía de fuentes misteriosas, imposibles de definir.
Llegaban bien temprano, instalaban las toallas y las sillas plega-
bles en la arena, y se acomodaban cerca de la orilla. Permanecían
allí, bebiendo refrescos que sacaban del *cooler* repleto de hielo,
y conversando sobre la infancia de Gabriel en la isla, aunque a
veces el tema de la charla derivaba hacia el futuro y las inevitables
especulaciones a propósito de qué harían cuando terminara la
dictadura en Cuba. Lo impresionaba mucho el nivel de ferocidad
que podía alcanzar el deseo de venganza de la anciana. Para la
dirigente del Comité de Defensa de la cuadra, que tanto los aco-

sara y que hizo todo lo posible por frustrar la salida de Gabriel cuando la famosa estampida de Mariel, lo menos que deseaba era que la arrastraran, atada a la cola de un caballo, por las calles del barrio. Aunque las mayores crueldades estaban reservadas para Fidel Castro, responsable, según ella, de todas las desgracias de los cubanos.

–En cuanto ese hijo de puta se muera, o mejor cuando uno de los que está con él lo reviente, me voy para Cubita Bella –decía con la sonrisa de quien paladea un exquisito manjar.

Mirándola, Gabriel no podía menos que pensar en que el destino de la Isla sería nefasto y turbulento. Lleno de sangre, odio y violencia. Resultaba inevitable: si el sistema había sido capaz de crear deseos de venganza y resentimientos tan fuertes en una anciana desvalida, generosa y dulce, incapaz de hacer daño a nadie… ¿Quién podía pensar que aquello terminara bien?

Aunque se abstenía de mencionarlo a la madre para no molestarla, todo lo que tenía que ver con patrias lo tenía sin cuidado. Se consideraba un apestado del Universo. Y si le hubieran preguntado por el lugar al que pertenecía, del que era ciudadano, su respuesta sin titubeo alguno hubiese consistido en señalar aquella superficie pastosa que esperaba en su habitación.

Gabriel se limitaba a disfrutar del presente. Le gustaba la vida, pero eso no quería decir que se engañara respecto a ella. Estaba sentado en la arena con su madre, escuchando el mar romper a unos pasos, podía tocar su mano, o hasta recostar la cabeza por un rato en sus muslos y hacer como que dormía. Y sentirse feliz. Eso era todo. Y después de la muerte, nada. Dios, la idea de Dios, significaba una humillación. La vida a fin de cuentas era una belleza que se autoconsumía. Como su cuadro.

Cuando el sol resultaba insoportable, se iban a almorzar a un restaurante cercano. En Puerto Sagua servían verdadera comida cubana, buena y barata. Siempre estaba lleno. Sus cervezas heladas, como no se hallaban en ningún otro sitio en Miami Beach, eran muy populares. Allí, rodeados por el bullicio del lugar que a su madre siempre le recordaba sitios semejantes en La Habana de su juventud, retomaban el hilo de la conversación. Un par de horas después, cuando el sol se aplacaba, regresaban junto al agua. Y allí estaban hasta el anochecer.

Las heridas también forman mapas. Una laceración en el pecho, gris, ribeteada por minúsculos arañazos verdes, reproduce con exactitud perturbadora un muro de ladrillos carcomidos. El polvo gotea. La erosión puede haber sido producida por el oleaje, aunque es difícil estar seguro. Quizás sea cosa del desierto. Tempestades de arena hurgando, metiendo las uñas; como él ahora. Clava los dedos y se deja invadir por aquel calor. Busca y tropieza con pulidos músculos, con superficies corrugadas, granulosas. Chapoteo. Permanece largo rato quieto, con los ojos cerrados, sintiendo a través de la humedad y de los latidos acompasados de los órganos. Hasta encontrar esa sensación que tanto lo intriga. Es difícil describirla, pero de súbito la tibieza en la que su mano permanece inmersa se trasforma, se amplía, lo engulle y traslada y tiene casi la certeza de estar conectado, mediante aquel agujero, con un espacio inmenso, con otra geografía. A veces ese espacio resulta familiar. Digamos que es el patio de la casa de su niñez. O la calle del barrio, por la que corre junto a una manada de muchachos. Pero no siempre sabe o cree saber dónde se halla. En ocasiones, que son sus preferidas, se descubre de pie ante un mar combo, que se adentra en el cielo, al borde de una pradera repleta de leones; o en el interior de una choza levantada junto a un acantilado que desciende hacia un lejano, negro valle. La herida alcanza el seno, que deja escapar burbujas de carne. La sangre se amontona como lava petrificada. Los dedos laten, los saca de la gruta caliente. Se incorpora, va y entierra la mano en la superficie del cuadro. La mueve por entre la pintura.

Los leones corren por las praderas junto al mar.

Estaba terminando de almorzar, pocos días después de la más reciente visita a la playa, cuando lo llamaron por los altavoces. Dejó la cantina que su madre le preparara la noche anterior y se dirigió a la oficina. Adalberto, el manager, lo miró con cara de ocasión y le dijo:

—Parece que tu mamá ha estado involucrada en un accidente… Alguien llamó para decir que la llevaron al hospital.

—Ella no conduce… ¿cómo puede haber tenido un accidente?

—No sé, te repito lo que me dijeron. Lo siento.

Gabriel condujo hasta el hospital, una mole descomunal instalada al borde de uno de los barrios marginales, no lejos del lugar donde trabajaba. No se preocupó mucho, pues pensó que se trataba de un error. Un enfermero vestido de verde lo condujo a un cuartico amueblado con un sofá, y una mesita de madera sobre la que descansaba un teléfono. Un paisaje barato que representaba unas gaviotas posadas sobre una duna, a la orilla del mar, estaba atornillado a una de las paredes. El enfermero le preguntó su nombre y su relación con la persona accidentada. Luego desapareció. Tardó casi veinte minutos en regresar. Cuando lo hizo, se sentó a su lado, le puso una mano en la rodilla y narró lo acontecido. Gabriel escuchó sin hacer un gesto. Lo miraba fijamente y sus ojos estaban desprovistos de expresión. Todo había sucedido (citaba el informe policial y el informe de la unidad de rescate) cuando su madre salió a caminar, como de costumbre, en la mañana. Al ir a cruzar la calle, un automóvil dobló a toda velocidad atropellándola. La señora, así se refería el joven enfermero a su madre, llegó en muy mal estado a la sala de emergencias. Ellos hicieron todo lo posible, durante más de una hora, para salvarla. Pero no pudieron. Cuando dijo eso lo miró con genuina tristeza y Gabriel no pudo menos que sentir lástima por aquel muchacho que tenía que decir a los demás que sus madres, sus padres o sus hermanos, habían muerto y ellos no pudieron evitarlo. No pronunció palabra, no lloró. Se limitó a mirar al enfermero con los ojos vacíos. Este, luego de esperar unos minutos, se incorporó, puso una mano asombrosamente pesada sobre su hombro y preguntó si quería verla. Respondió que sí y el enfermero lo llevó por un pasillo hasta unas anchas puertas metálicas que daban acceso al salón de emergencias. El enfermero no entró, le indicó las puertas a Gabriel con un ademán.

A la derecha, tras un mostrador lleno de papeles y varias terminales de computadora, dos muchachas vestidas de blanco lo miraron como si lo conocieran. Una de ellas indicó los cubículos a la izquierda, separados entre sí por cortinas plásticas de color verde oscuro. Su madre estaba acostada en una camilla alta, cubierta hasta el cuello por una sábana blanca, impoluta. Un vendaje envolvía la cabeza dejando descubierto el rostro. A la altura de la frente, un mechón de cabellos asomaba por debajo de la tela y descansaba sobre la piel, extrañamente ordenado. Tenía los ojos cerrados. ¿Quién le había cerrado los ojos?, se preguntó. De la boca emergía un tubo plástico que se deslizaba junto al cuello e iba a perderse bajo las sábanas. La cortina que separaba los cubículos se hallaba descorrida. En el contiguo había una camilla también, pero en completo desorden. Las manchas de sangre, negras, salpicaban el suelo, las sábanas, el metal de los equipos y numerosas gotas alcanzaban las paredes. Algunos vendajes y algodones empapados, arrojados con prisa, también estaban a la vista, sobre el frío granito del piso. Un enrevesado aparato mecánico, del cual pendían tubos y cordones en desorden, se inclinaba sobre la camilla. Allí habían atendido a la mujer accidentada cuando arribó, y cuando ya no pudieron hacer nada más por ella, la limpiaron y trasladaron a donde se encontraba ahora.

Miró a su madre un rato. Nada indicaba que estuviera muerta. Su rostro no expresaba dolor, más bien reflejaba cansancio. Pero cuando se inclinó y la besó en la frente un frío profundo, desolado, le entró por los labios. Un médico joven llegó sin hacer ruido. Dijo que habían hecho todo lo posible por salvarla, pero que, prácticamente, murió a causa del impacto. Que cuando abrió el pecho encontró una laceración en el corazón. Gabriel le preguntó si sufrió mucho. El joven respondió que no, que un poco de dolor a lo sumo. Que había estado inconsciente desde el primer momento. Que un equipo de más de diez personas trabajó en el caso.

Antes de retirarse, estrechándole aún la mano, repitió que hicieron todo lo posible.

Estuvo unos momentos de pie junto al cuerpo tendido luego que el médico se hubo marchado. Alguien entró a limpiar el cubículo ensangrentado. Entonces desanduvo sus pasos hasta que estuvo afuera. El cielo limpio indicaba que la de ese día, sería una espléndida tarde de verano. Se dirigió hacia el lugar donde dejara estacionado el automóvil.

Todavía no había llorado.

Al velorio no asistió casi nadie. Un par de compañeros de trabajo y algunos ancianos con los que su madre conversaba y compartía historias durante el transcurso de sus caminatas matinales. De seguir sus inclinaciones, toda aquella ceremonia no se hubiera realizado. Pero la muerta siempre insistió en ser enterrada según los ritos católicos y Gabriel se sentía obligado a cumplir sus deseos. Lo peor fue lidiar con el sacerdote. La misma casa funeraria controlaba el negocio de los ritos. El cura, cuya facha de truhán le repugnó desde el principio, cobraba su tarifa por adelantado y decía más o menos elogios a la difunta, e intercedía a su favor ante aquel Dios que representaba con más o menos vehemencia, dependiendo de lo que le pagaran. Aquel chantajista oraba por la entrada al Paraíso para otros, con su rostro ramplón, en la semipenumbra del salón vacío. Concluyó apresuradamente su jerigonza, pues Gabriel se limitó a pagar la tarifa mínima, y se marchó.

Estuvo toda la noche sentado junto al féretro. El olor empalagoso de las flores lo mareaba y el temblequeo de las velas hacía danzar en la pared la sombra patética del crucifijo de bronce, o de plástico que parecía bronce, nunca se sabe. Crucifijo que también había costado sus buenos dólares. En las otras capillas el tráfico de dolientes también disminuyó después de la medianoche. Sólo los familiares más allegados conversaban, sollozaban esporádicamente o dormitaban agotados en los mullidos butacones. Algunos trataban de combatir el dolor haciendo chistes, por lo que a veces una carcajada entrecortada resonaba extemporánea entre los cuerpos muertos.

No sabía rezar ni tenía motivo alguno para hacerlo, así que se limitó a estar de pie frente al ataúd contemplando el rostro cambiado, casi irreconocible de su madre. Lo que estaba dentro de aquel cajón exhibía un aspecto artificial, producto del maquillaje y de la autopsia, que le impedía establecer contacto alguno o sentir dolor. Lo que dolía era la ausencia, y una sensación de vacío, de fin, que se agrandaba por minutos.

En algún punto de la madrugada soñó que regresaba a la infancia y se vio correteando las calles del barrio. Luego estaba, sudado, jadeante, en la sala, saltando alrededor de su madre joven y sonriente que intentaba agarrarlo. Ahora la mujer lo tenía en su regazo y le pasaba la mano por la cabeza mientras se mecían en el sillón. El olor de la piel de la joven, poderoso, fresco, lo embriagaba. Después comenzó a llorar en el sueño y cuando se despertó continuaba llorando, sin ruido. Así llegó la mañana.

El entierro fue rápido. Unos empleados del cementerio lo ayudaron a cargar el ataúd hasta el agujero abierto en la tierra. No se efectuó ceremonia alguna, pues aunque el cura insistió en ofrecerle un package de oraciones que incluía las de la funeraria y el cementerio, se negó, porque no estaba seguro de ser capaz de contener los deseos de abofetearlo. El sol brillaba espléndido mientras el ataúd descendía, lo que daba un carácter absurdo a la escena. Lo consoló el hecho de que cerca del agujero hubiese una mata de almendras, como la que hubo frente a su casa en la isla. Sintió como si el árbol significara una compañía, como si su madre fuera a estar menos sola cuando él se marchara.

Regresando del cementerio, llegó a la conclusión de que vivía en un Caos, de que la muerte de su madre era un accidente y que él mismo era un accidente y el Universo no era más que un accidente. Y que eso, precisamente, era lo más intolerable. Lo más humillante.

Gabriel asistió al juicio aunque su abogado le advirtió que las leyes estipulaban casi ningún castigo para la mujer que había atropellado a la anciana. El policía que levantó el acta del caso le impuso una multa, lo que la hacía culpable del incidente, pero las leyes de la Florida no atribuían responsabilidad criminal sino negligencia a este tipo de acontecimiento, que por otra parte era sumamente frecuente. Así que la máxima pena aplicable a la conductora del auto era unos meses de trabajo comunitario, una pequeña multa y una suspensión temporal de la licencia de conducir.

La mujer tendría alrededor de cincuenta años, y no parecía muy agobiada mientras esperaba que llegara el turno a su caso. Se hacía acompañar por el marido, un tipo grosero que repetía, en voz alta, a cualquiera que lo quisiera escuchar, que su esposa no tenía culpa de nada. En una ocasión lo vio sonreír. Gabriel se limitaba a mirarla fijamente desentendido de lo que acontecía. Y lo cierto era que no le importaba mucho lo que estaba ocurriendo en la corte. No había tenido nunca respeto alguno por el sistema judicial del país y no iba a empezar a tenerlo ahora. Aquella payasada era parte del Orden de los poderosos y funcionaba sólo para ellos. Le daban ganas de reír la seriedad con que los participantes, jueces, policías, empleados de la corte, abogados, fingían creerse todo aquello. Él hizo su papel a la perfección y se comportó civilizada y obedientemente. Durante un tiempo, mientras permanecía sentado en aquel salón atiborrado de acusados, se esforzó en odiar a la asesina y su marido, pero sin éxito. Y cuando acabó todo, no pudo menos que admitir que lo único que despertaba en su corazón aquella pareja era una profunda piedad. La misma que sentía por el género humano. Lo que no disminuía un ápice su deseo de venganza. Aquellos dos eran tan víctimas como su madre, como él, de la situación. Pero hacerlos pagar su cuota de dolor y de muerte por su dolor y su muerte constituía el único camino, la única alternativa que tenía para escapar a la humillación del Caos.

Todo transcurrió según lo previsto. El juez condenó a la conductora a realizar trabajo comunitario por un par de meses y suspendió su licencia por un año. El abogado de la mujer le dio una palmadita en el hombro a su clienta. El abogado suyo le dio una palmadita en el hombro y le dijo que habían sacado el máximo. Que la ley no permitía un castigo mayor. Gabriel tuvo la impresión de que allí todo el mundo quería salir lo antes posible del asunto. A fin de cuentas, él no era el único con problemas, eso estaba claro. La sala de la corte estaba abarrotada y resultaba evidente que no podían dedicar mucho tiempo a cada caso.

Los días siguientes transcurrieron en una especie de letargo. Se levantaba a trabajar como de costumbre y cumplía puntual con su rutina. Pero se hallaba distanciado de la realidad. Sentado en el sillón que antes ocupara su madre, ponía los estúpidos programas de televisión que ella solía ver. Pero no era lo mismo y terminó apagándolo definitivamente. Pasaron varias semanas antes de que, poco a poco, fuera saliendo del sopor en el que estaba inmerso. Dejó de tomar las píldoras que lo ayudaban a conciliar el sueño y volvió al cuadro. En la tela encontró las respuestas que necesitaba. Ya en el hospital, ante el cuerpo inmóvil, y luego durante el juicio, había pensado que quien fuera responsable de la muerte de su madre pagaría por ello. Pero no fue hasta ese momento que se reconcilió, del todo, con la idea. Hacer sufrir a la asesina (así la llamaba Gabriel) y por supuesto, matarla, era una etapa más, y luego comprendió que una etapa imprescindible, de su batalla contra la domesticación, contra el Orden y el Caos. Aceptar aquella muerte, aquel destino injusto, representaba no sólo una humillación, sino el acatamiento de un absurdo infinito, de una trivialidad monstruosa a la que le parecía una indecencia plegarse. Así que se puso en paz consigo mismo en largas sesiones frente a los cuadros que, enriquecidos por su dolor, quedaban más perfectos, más hermosos, más misteriosos que nunca. Cuando ya había creado cinco nuevas obras comprendió que la muerte de su madre lo hacía más libre. Sintió lo mismo que el día en que insultó a Dios y se convenció de que no existía: una profunda felicidad.

Nada de eso evitó que el tiempo, en el que había notado una tendencia a acelerar desde el día del accidente, se lanzara a una vertiginosa, enloquecida carrera.

Para ejecutar su venganza se armó de paciencia. Sabía que tendría que dejar pasar meses, quizás años, antes de ponerla en práctica. Pero estaba dispuesto a esperar. Un periodista que lo recordaba de sus días de artista controversial lo llamó, sin duda se hallaba escaso de temas, para escribir una pieza con «ángulo humano», así dijo. Esta vez Gabriel aceptó. Declaró que había abrazado, en su retiro autoimpuesto, la religión católica, que la fe de Cristo lo había iluminado, que el perdón y la compasión dictaban sus acciones, que rezaba sin descanso para lograr el perdón de sus pecados y que por supuesto, aunque resultó duro, su principal meta en los días que siguieron al infortunado accidente que costara la vida a su madre fue perdonar a la persona que la atropelló. Que también rezaba por ella. Que ahora pintaba para el Señor, temas religiosos, que por ahora no quería mostrar, para no alimentar su vanidad, que también era un pecado, como bien se sabía. El periodista, encantado con la historia de la conversión del antiguo pintor problemático (así lo calificaba), escribió una zarandaja políticamente correcta que le valió un premio. Hasta reprodujeron una vieja foto de Gabriel y declaraciones de algunos jerarcas de la Iglesia, que alabaron su conversión. El barullo duró apenas unos días y luego se apagó. El teléfono sonó un par de veces, producto de llamadas de gente que al ver el artículo del periódico se acordaron de que existía. Pero no respondió a los perentorios timbrazos.

Gabriel se divirtió mucho con todo aquello y luego volvió a la rutina, a su cuadro y a su espera. Pronto se olvidaron de él. Meses después de la tragedia, se mudó del apartamento que compartiera con su madre. Alquiló una casita modesta en las afueras. Le costó trabajo encontrar el lugar adecuado, pero al fin lo consiguió. Una residencia aislada al final de una calle sin salida, lo que hacía que el tránsito fuera casi inexistente. Y lo más importante, con un amplio sótano, ideal para sus planes. Planes sobre los que no dejaba de pensar, que no dejaba de perfeccionar un solo día en su mente.

Cinco largos años pasaron antes que decidiera dar el primer golpe, exactamente el 21 de agosto, el día que había nacido su madre. Claro que aquellos años no transcurrieron sin que trabajara con extrema diligencia en su venganza. Poco a poco, cuidando mucho de que nadie notara sus gestiones, averiguó todo lo referente a la vida de la asesina. Tenía marido, pero no hijos. Sus existencias eran típicas de esclavos del Orden: consumidores compulsivos, viciosos del televisor que abandonaban en raras ocasiones para acudir a algún partido de fútbol, en el que berreaban por el equipo local, al tiempo que engullían hamburguesas y tragaban cervezas y Coca-Colas. Gabriel los seguía, en ocasiones durante días, para familiarizarse con sus rutinas.

Estaba seguro que no lo recordaban, pues apenas lo vieron, años atrás, durante el juicio, pero aun así no se acercó demasiado. El marido trabajaba en una fábrica en Hialeah y tenía un horario rotativo que en ocasiones lo hacía permanecer en ella hasta altas horas de la noche.

Escogió una de esas noches para actuar. El hombre tenía que andar unos treinta o cuarenta metros hasta el estacionamiento, al otro lado de la calle, donde los obreros estacionaban los autos. Gabriel lo había calculado todo con extremo cuidado y la ejecución de su plan resultó más fácil de lo que pensara. No se sentía nervioso, ni en especial entusiasmado. Permaneció en el auto, aguardando, casi una hora, a unos treinta pies de la puerta por la que aparecería el marido de la asesina. Cuando por fin emergió del edificio y depositó el primer pie en la calle, Gabriel puso en marcha el motor y, con un leve y medido apretón al acelerador, lo echó a rodar. No imprimió mucha velocidad al vehículo, para conservar el factor sorpresa. El hombre volvió la cabeza un instante para mirar en su dirección, pero pensó que, con toda seguridad, tenía tiempo suficiente para alcanzar la acera opuesta. Cuando estuvo cerca Gabriel oprimió el acelerador y lo golpeó, mediante una simple maniobra, por el costado. Una pierna no tuvo tiempo de retirarse y Gabriel la sintió crujir bajo la rueda, al tiempo que llegaba a sus oídos un grito que oscilaba entre el dolor y el asombro. Frenó, y contempló por el espejo retrovisor la figura tendida. Trataba de incorporarse. Puso el auto en marcha atrás y sin prisa, calculando con cuidado la trayectoria de los neumáticos, le pasó por el centro del cuerpo. El vehículo brincó, y en esta ocasión, escuchó un bufido extraño. Un hipido que no oía desde cuando, en peleas juveniles, lo golpeaban en el estómago y luchaba, desesperado, por recuperar el aire. Abrió la portezuela y, sin detener el motor, descendió. El hombre, quejándose en voz baja, se oprimía el vientre con las manos. De la boca le salía un hilo de sangre. Con los ojos desorbitados, contempló a Gabriel. Este se agachó y observó el rostro cubierto de miedo. Transformado por el miedo.

–¿Te acuerdas de mí? –preguntó. Y sin esperar respuesta añadió: Tu mujer mató a mi madre hace cinco años…

El hombre tendido empezó a gemir y alzó un poco la cabeza del pavimento. La mirada se lo dijo. Gabriel comprendió que recordaba. Entonces regresó al auto cuyo motor ronroneaba como esos tambores de circo que anuncian el salto mortal de los trapecistas, y volvió a pasarle por encima. Esta vez sobre la cabeza.

Cuando llegó a la casa lavó bien el auto para quitarle cualquier mancha de sangre. Luego, poseído por una sensación de sosiego parecida a la que experimentaba después de un orgasmo, trabajó en su cuadro.

Todas las precauciones que tomó fueron innecesarias. La noticia de la muerte de un obrero a la salida de su trabajo en Hialeah ocupó medio minuto en el noticiero de la tarde y ni siquiera apareció en los periódicos. Resultó apenas un grano de arena en el panorama de asesinatos y asaltos espectaculares que azotaban la ciudad. Dos asesinos en serie y el ya famoso Violador de la Calle Ocho hacían de las suyas y acaparaban las primeras planas de los periódicos, y los primeros espacios en los noticieros. La policía tenía demasiado trabajo para ocuparse de otra víctima de un automóvil conducido por algún borracho en un barrio marginal. Nadie vino a preguntarle nada a Gabriel, lo que quería decir que no lo habían relacionado con el individuo. Su paciencia había dado frutos.

Ese fin de semana visitó la tumba de su madre, y le llevó una docena de girasoles, sus flores preferidas.

Ahora lo que le preocupaba era que el Caos diera cuenta de él, o de la asesina, antes de que pudiera consumar su venganza. Lo del marido, a fin de cuentas, constituía un ejercicio preparatorio, un boceto, una forma de acercarse a su objetivo, de que comenzara el proceso de sufrimiento que le tenía preparado.

A los pocos meses, empezó a rondarla. En ocasiones la esperaba a la salida de la tienda en la que trabajaba. Una peletería de mala muerte en la Pequeña Habana. La veía salir y avanzar con paso cansado hasta el estacionamiento, después de pasar por la panadería cercana, de la que siempre salía con una libra de pan cubano bajo el brazo. Luego seguía sus pasos hasta el duplex que habitaba, no muy lejos de allí. Algunas veces lo sorprendía la noche apostado cerca y contemplaba la figura de la mujer tras la ventana iluminada.

Un año después del accidente (así lo definió Gabriel) del marido, entró en la peletería.

Estaba sola en la tienda cuando atravesó la puerta de cristal. Le produjo la impresión de una rata que, caminando sobre sus extremidades traseras, vacilara al andar. Se acercó con la ansiedad propia de quien ve el primer cliente del día.

—¿Puedo ayudarlo en algo? —preguntó.

—Tal vez… Estoy buscando unos zapatos para mi madre.

Mirándola de cerca por primera vez, la encontró más fea que el retrato que en su imaginación había construido, durante un proceso que se prolongó por años. Los ojos saltones, atenazados por gruesas líneas de pintura negra, se proyectaban hacia afuera dejando al descubierto una cantidad poco común de membrana esclerótica: una superficie salpicada de vetas amarillentas, surcada por diminutas venas rojas.

Copiosas ojeras, cuarteadas y oscuras, ajadas mejillas.

La nariz granulosa, los labios resecos y repintados y el tinte barato del cabello, daban los toques finales a una apariencia vulgar y rudimentaria.

Estuvo un rato mirando y terminó comprando unas sandalias de cuero de cualquier número. Abandonó el lugar sin volver a mirarla. A unos metros de la tienda, le dio la bolsa que contenía las sandalias a una anciana que esperaba para cruzar la calzada.

Esa noche, comenzó a pintar el retrato de la asesina.

Pone los dos extremos del cable sobre el regazo de la mujer. Vuelve el rostro hacia la tela, duda un momento, y luego se levanta. Con la mano recoge un poco de pintura de los numerosos montones que cubren la mesa y la aplica al cuadro. En un lugar que parece una pradera. Aunque bien pudiera ser el borde de un acantilado. O un valle negro. Restriega un poco y lo abandona. Se limpia los dedos en el pantalón y regresa junto a la mujer. Se sienta frente a ella, en el suelo. Desde allí, la cabeza parece un Francis Bacon. Se emociona. Es Henrietta Moraes. Le hace un tímido saludo moviendo la cabeza. Dedica unos instantes a contemplarla. Los ojos ciegos, taladrados, el azul empujado sobre la mejilla. Después, no tanto para causarle dolor, aunque ese sigue siendo su principal propósito, sino para ver si la transformación resiste, toma el cable con sumo cuidado, y aplica sus extremos a una de las piernas. El cuerpo da un salto violento, como si hubiera recobrado toda la energía de la juventud. Del sitio en el que los alambres hicieron contacto sale un humo blanco, grasoso. El olor a carne abrasada se esparce por el ambiente, como un rumor. Henrietta se ha ido y la cabeza de la mujer regresa a su lugar, rasgada, prominente y sucia. El labio superior, partido y doblado hacia arriba se infla como un cable quemado. Los dientes, astillas amarillas, están a la vista. Aprieta nuevamente los extremos del cable contra la piel. Esta vez, cerca de la rodilla.

Iba al cementerio con bastante frecuencia; un par de veces al mes y, durante períodos, todos los fines de semana. No para rezar por el alma de la difunta, cosa que se sentía incapaz de hacer, ni porque creyera en ninguna forma de permanencia después de la muerte. Acudía, casi siempre los sábados, temprano, cuando el sol todavía no era insoportable, porque el lugar era agradable y porque lo único que quedaba de lo que había sido su madre estaba allí.

Dedicaba unos minutos a limpiar la lápida, cambiar el agua del búcaro plástico atado con una cadena, y depositar las flores que traía. Luego se sentaba a poca distancia, sobre la hierba, en un punto protegido por la sombra del almendro. Los girasoles se hinchaban absorbiendo el agua del recipiente, y Gabriel seguía con suma atención el movimiento de los pétalos que se erguían al contacto del sol. Otros dolientes iban arribando. Algunos traían toda una parafernalia de limpieza, que incluía equipos eléctricos para cortar la hierba y productos químicos con los que pulir las inscripciones y las imágenes de bronce que adornaban las lápidas. Lo que dejaban en las tumbas también sorprendía a Gabriel: banderas de sus países de origen, juguetes, cartas, ositos de peluche, comida, pedazos de cake de cumpleaños y hasta reguiletes. Un día vio un barco con las velas desplegadas dentro de una botella. Pero nada lo extrañó y conmovió tanto como el papalote que descubrió una mañana en una sepultura próxima a la de su madre. Se estremecía con la leve brisa y el rabo, repleto de tiras de tela de múltiples colores, descansaba sobre la pulida superficie de mármol.

El espectáculo de aquel esfuerzo por mantenerse unidos a los que ya no existían resultaba conmovedor pero inútil, pensaba. No había forma de vencer el olvido, que daría alcance a aquellos muertos, haciéndolos desaparecer, en sus nietos o en los hijos de los nietos o después. El olvido dispone de todo el tiempo del mundo. Y aun en aquellos dedicados individuos que frecuentaban el cementerio, como él, lo que sobrevivía era un recuerdo ¿y desde cuando un recuerdo es una persona viva, caliente, real?

El cielo azul planeaba sobre las tumbas. Las flores expelían un aroma dulzón que se arrastraba pegado a la tierra. De la tierra crecía la hierba y los gorriones saltaban entre las ramas de los árboles.

Cuando se cumplieron siete años justos de la fecha del accidente, decidió que había llegado el momento. Durante los dos años transcurridos a partir de la eliminación del marido, continuó inalterable la rutina de seguir frecuentemente a la asesina. Pero no volvió a la peletería. Se limitó a observarla de lejos, hasta que supo de memoria sus actividades, que no eran muchas. Ir y venir a la tienda, viajes al supermercado cercano y cada tres o cuatro meses una visita al médico, en una de las numerosas clínicas de la Pequeña Habana. No parecía tener familia. Ni tampoco aparentaba ser muy sociable. Su relación con los vecinos era escasa, se limitaba a saludos intercambiados en el pasillo de acceso al duplex, o a la entrada del mismo.

Gabriel empezó a temer, mirando cómo se debilitaba a ojos vistas, que fuera a morir antes de tiempo. Y eso lo decidió. Comenzaba marzo, y si dejaba pasar el mes no tendría otra oportunidad hasta el año próximo. Así que actuaría el día quince. Siete días le parecieron suficientes.

Si el Caos pudiera estar de parte de alguien, cosa totalmente imposible, Gabriel hubiera jurado que estaba de parte suya. El día elegido coincidió con una de las visitas de la asesina al médico. Aquello facilitaba las cosas. Estaba decidido, si llegaba a ser necesario, a entrar al apartamento y llevársela por la fuerza, pero era mucho mejor si podía secuestrarla en un lugar neutro, sin armar mucho barullo.

Esperó a que concluyera la visita para poner en práctica su plan. El edificio de la clínica abarcaba toda una manzana y la puerta principal por la que saldría, Gabriel lo había comprobado en muchas ocasiones, estaba a unos pasos de la esquina del semáforo de la 12 avenida. Cerca del mediodía, la figura de la mujer emergió de las puertas de cristal, y con paso cansado, se dirigió a la intersección. No había llegado a ella cuando el automóvil se detuvo a su lado. Desde su interior, inclinándose para que pudiera verle el rostro, un hombre la llamó por su nombre.

–Rosa... ¿cómo está? ¿Necesita que la lleve hasta la casa?

Rosa se inclinó extrañada y miró con recelo a su interlocutor. Después de dudar un instante, contestó.

–Perdone, pero yo a usted no lo conozco...

Gabriel sonrió cordial y puso cara de fingido disgusto.

–Pero Rosa, cómo es posible... soy Pepe, trabajaba con Fidel, su esposo que en paz descanse, en la factoría en Hialeah. Nos vimos varias veces en los partidos de los Dolphins...

La mujer continuaba indecisa al borde de la acera. Ladeó su cara color cartón, que expresaba confusión, perplejidad. Gabriel comprendió que necesitaba apurarse. Un enfurecido chofer hizo sonar el claxon de un camión a sus espaldas. Así que enarbolando la más inocente de sus expresiones y una sonrisa tranquilizadora, se apeó haciendo un gesto apaciguador al individuo que ahora vociferaba exigiendo que se quitara del medio y dejara libre la vía. Al llegar junto a Rosa, la tomó por el codo gentilmente, y la conminó a entrar abriendo la puerta.

—Rosa… Fidel era mi amigo y ésta es una manera de hacer algo por él… Déjeme llevarla hasta la casa, no es problema alguno para mí, por el contrario, es un placer.

Aquellas palabras convencieron a la asesina. Con una expresión vaga y murmurando algo que Gabriel no comprendió, dejó que éste la ayudara a entrar al coche.

—Cómo está esa salud… ¿Sigue trabajando en la peletería?

El auto enfiló por la 12 Avenida dejando atrás los gritos del enfurecido camionero.

—Sí, ahí tirando… achaques de vieja… Ahora que lo veo bien me parece que lo he visto en algún sitio. Así que usted trabajaba con Fidel, que en gloria esté.

—¡Claro que me ha visto! Sí, varios años, aunque luego me fui a otra factoría.

La presencia de la asesina en el automóvil llenaba de euforia a Gabriel. Era una sensación extraña. Una embriaguez, una alegría parecida a la que experimentaba al concluir un cuadro con el que estaba satisfecho. El rostro de Rosa, grasiento, había sufrido un proceso de deterioro acelerado desde la última vez que la viera. Las venas de las manos, protuberantes, exhibían unos verdes pesados que se engarrotaban en la superficie escamosa y morada de la piel. Vestía una blusa blanca con motivos azules, flores de pétalos largos terminados en forma de gota, y una falda marrón, de corte anticuado. No llevaba medias y los pies estaban calzados por uno de esos modelos feos pero muy cómodos que suelen usar las enfermeras, o gente que tiene que trabajar mucho tiempo de pie.

—Tiene que doblar en la 16 —dijo la mujer sin mirarlo.

—No se preocupe… conozco el camino, una vez Fidel me lo indicó.

—Pobre Fidel… tan decente, y mire usted lo que le pasó.

—Un accidente, oí decir… qué lamentable. Tantos delincuentes a los que nunca les pasa nada…

—Así mismo es…

—Y cuando los cogen los sueltan enseguida…

—Sí señor…

Hubo una larga pausa. Luego Gabriel dijo:

—Su único problema era que tenía la cabeza hueca…

—¿Quién?

—Fidel…

—Pero…

—Hueca… Oí cuando explotaba bajo las ruedas y le digo que estaba vacía. O a lo sumo llena de mierda…

Rosa lo miró atónita, con los ojos saltones llenos de estupor. Fue a decir algo, pero Gabriel, sin dejar de contemplarla y sonreír, le propinó un fuerte golpe en la mandíbula, que sonó como el estallido de un látigo dentro del espacio cerrado. El cuerpo de la mujer se desmadejó como el de una res a la que propinan un mandarriazo, y fue a dar contra la pizarra. De un tirón, la acomodó contra el cristal de la ventanilla. El rostro vuelto hacia él. De la boca entreabierta manaba una baba sanguinolenta. Que se extendía por el blanco de la blusa.

Viéndola desde afuera, cualquier transeúnte hubiera asegurado que aquella mujer dormía.

La sangre ha adquirido matices insospechados. Mezclada con sudor, saliva y otros líquidos. Líquido del terror, líquido de la proximidad de la muerte, líquido del deseo del fin, de la felicidad del fin. A veces, cuando se vuelve a contemplarla, semeja un gran esputo, cosa que ya no lo sorprende, pues el cuadro también ha ido convirtiéndose en un enorme, hermoso escupitajo. El cuerpo de Rosa, con el paso de los días, ha ido saliendo. El interior brotando: masa hinchada, cuarteada, rajada, expuesta, chorreante, machacada, babeante, es un paisaje interior. Como si a través del dolor y la desesperanza hubiese alcanzado, no un estado de gracia, esa sublimación espiritual, esa negación de la carne tan llevada y traída por santos y filósofos, sino una escueta animalidad, una apoteosis orgánica de espectacular inmediatez.

Esa indefensión (porque también es eso), ese furor eufórico de ser sin futuro, lo había recreado en la tela de forma tan perfecta, que la superficie apestaba a carne humana martirizada, carne semipodrida.

Se sentía feliz, porque sin duda estaba ante su mejor obra. La más lograda. Nada de lo hecho antes, ni siquiera el retrato de su madre, se le podía comparar. Algún observador superficial podría decir que reproducía la imagen de la mujer atada al poste de madera. Y de alguna manera, durante la etapa inicial, fue cierto. Pero luego, aquella superficie en la que trabajaba ferozmente entre doce y catorce horas diarias, se convirtió en testimonio de decadencia, en libertad absoluta, en desesperación de cosa que se pudre sin remedio y lo sabe. En pura soledad.

Porque hasta la mujer comprendió enseguida que estaba sola. Claro que al principio se obstinó en rogar a Dios, y en tratar de conmover a su torturador con su supuesta omnipresencia. Le repetía que estaba allí con ellos, siendo espectador de sus miserables destinos. Pero después de una sesión de golpes en el rostro y en el pecho, la letanía (mientras pudo hablar, mientras la mandíbula rota y la lengua partida e inflamada se lo permitieron) cambió para enfocarse en su confianza en que al morir Dios la acogería. Que ella se resignaba a su suerte, es decir, al deseo de ese Dios.

Eso decía. Toscamente, porque su estupidez y el dolor no le permitían andar elaborando mucho el entrecortado discurso. Pero eso decía la muy sumisa, la muy esclava. Aunque no duró mucho, cuando la cosa apretó, exactamente cuando partió sus tibias con una barra de hierro, se convenció de lo evidente, de su soledad y su desamparo, y de que aquel Dios al que apelaba y en el que por tantos años confió no era más que un cómplice de su sufrimiento, un torturador más. Entonces comenzó a maldecir a su divino progenitor. Que como era de esperar no aparecía por ninguna parte. A partir de ese momento, los colores de su cara abierta, los matices suntuosos de las heridas, las sutiles veladuras de los hematomas, las capas superpuestas de sangre y otras excrecencias alcanzaron una peculiar y perturbadora belleza. Que inmediatamente se reflejaron en el cuadro.

El día veintidós amaneció espléndido. Idéntico a aquel en que murió su madre, siete años atrás. Desde el cielo, latía un azul parejo. Afuera los árboles que rodeaban la casa y la cubrían de una perenne sombra, se movían apenas, al compás de la brisa del amanecer. Paseó un poco por el jardín como todas las mañanas. También como todas las mañanas roció con una manguera las plantas del pequeño huerto, ubicado al fondo del patio. Los marpacíficos comenzaban a florecer, por todas partes podían apreciarse indicios de la proximidad de la primavera. Se acercó a la nariz una hoja de orégano y aspiró ávido su perfume. Luego se sentó en el quicio de la puerta trasera y dejó que su cuerpo se calentara a los rayos del sol. Levantó el rostro hacia la superficie azul que a esa hora tenía algo tierno. Escuchaba crecer la hierba, las raíces del árbol prolongándose, el roce de millones de insectos.

Un pájaro amarillo y negro cantó en una rama cercana.

Entró y se preparó café con leche y tostadas con mantequilla. Se quedó con hambre, así que frió dos huevos con jamón. Lo devoró todo con calma, sentado a la mesa del comedor.

Cuando por fin abrió la compuerta del sótano, la fetidez lo golpeó, pero ya se había acostumbrado. Bajó cerrando tras de sí la pesada lámina de madera. La mujer todavía respiraba, su cuerpo, si es que se podía llamar cuerpo a aquel amasijo de protuberancias e hinchazones, recordaba de manera vaga su configuración original. Accionó el interruptor y las potentes luces restallaron sobre la tela y sobre el cuerpo macerado. Le dolían los músculos, se sentía profundamente cansado. Suspiró aliviado al pensar que hoy acabaría con ella y que terminaría el cuadro. A consecuencia de la furia del trabajo, las salpicaduras, la pintura derramada, cubría las paredes y parte del techo. En el suelo, se confundían con la sangre ennegrecida. Seis días habían transcurrido desde que la trajo al sótano. Mañana podría descansar.

Inclinó la cabeza y puso la boca cerca de lo que quedaba de la oreja.

–Hoy es veintidós de marzo, un día como hoy mataste a mi madre...

Varias semanas antes había recogido un pedazo de asfalto de una calle que estaban reparando en la Pequeña Habana. Lo usó para lograr ciertos efectos en la superficie de la tela, por lo que estaba cubierto de pegotes de pintura. Con él la golpeó en la cabeza.

Una, dos, tres veces...

Muchas horas después de que la mujer muriera, continuaba trabajando. El cuadro, como liberado de un peso, de un obstáculo, se manifestaba con asombrosa autonomía, o al menos eso le parecía a Gabriel. Los colores corrían, se organizaban, estallaban, mientras se desplazaba de un lado a otro y con movimientos febriles daba los toques finales a su obra. Cuando terminó, fue retrocediendo hasta alcanzar la pared más alejada de la tela, y se deslizó por ella hasta quedar sentado. El bulto del cuerpo de Rosa refulgía bajo la luz como una joya. El cuadro también refulgía. Un cansancio enorme se fue apoderando de su cuerpo. Pero nada significaba comparado con la divina sensación que lo hacía sonreír a través del sudor, por entre los párpados entrecerrados. Pura delicia escapaba de aquella amalgama de colores. El tiempo se apelotonó como una niebla en la habitación, por fin detenido.

Cuando aquello acabó, se puso en pie y se acercó a la mujer. Rozó su frente y dejó que aquel frío inmenso volviera a tocarlo. Luego contempló detenidamente su última obra. Apagó las luces. Subió la escalera y cerró la compuerta detrás de sí. Después la clausuró usando una docena de clavos que tenía preparados al efecto. Aplicó un sellador a las juntas y para terminar echó una gruesa alfombra sobre la compuerta. Finalizado esto, caminó hasta la ventana.

La tarde estaba por caer y diseminaba una luz opaca que envolvía los ruidos con un halo algodonoso. Los rayos del sol, débiles, imponían un tono rojo, violeta, al paisaje que se desdibujaba.

En el árbol del fondo del patio los pájaros chillaban a la noche.

Epílogo

Cuando veinte años después un empleado de la compañía de electricidad encontró el cuerpo de Gabriel, hizo lo que está estipulado en estos casos: llamar al número de emergencias para que enviaran una ambulancia y la policía. El anciano había muerto de un ataque cardiaco, según se supo luego. La muerte lo sorprendió de mañana, estimaron los forenses, aproximadamente veinticuatro horas antes de que fuese hallado. Los expertos concluyeron más tarde que debió sentirse mal mientras leía sentado a la sombra del árbol. Trató de llegar a la casa, pero se desplomó a mitad de camino. Tenía el rostro comprimido contra la tierra, los ojos abiertos, un manoseado ejemplar de la Ilíada aún apretado en la mano y algunas hormigas le entraban y salían de la boca, cuando lo encontraron.

Durante el rutinario registro de la casa, un agente descubrió, por casualidad, la clausurada compuerta de acceso al sótano. El contenido de este ocupó los titulares de la prensa local y nacional por algún tiempo. Todos los programas sensacionalistas querían su parte de la historia. Durante días, los alrededores de la casa permanecieron tomados por un ejército de periodistas armados de grabadoras y cámaras de televisión. El traslado del cuadro resultó todo un acontecimiento. Fue necesario desmantelar el suelo del comedor y parte del techo para poder sacarlo. Lo instalaron en el Museo de Miami, donde un equipo de especialistas se ocupó de limpiarlo, al tiempo que los medios de prensa hurgaban en el pasado de Gabriel Torres, dando a conocer hasta los más mínimos detalles de su breve carrera artística, y de lo poco que logró saberse de su vida, que a todas luces fue sumamente aburrida. Sus vecinos lo recordaban como un tipo cordial, aunque poco sociable. Servicial, eso sí. Esa clase de gente que va y viene al trabajo y no sale ni recibe nunca a nadie.

Respecto al esqueleto atado al poste de madera, se sacaron diferentes conclusiones. La hipótesis de mayor aceptación popular sostenía que los restos pertenecían a una mártir de las artes que, voluntariamente, dado que se hallaba condenada por una enfermedad terminal, consintió en posar para el artista. De nada sirvió que algunos periodistas y autoridades policíacas refutaran esta tesis enarbolando los reportes médicos y llamando la atención sobre las numerosas fracturas y lesiones en los huesos, que evidenciaban que la persona en cuestión había sido cruelmente torturada antes de morir. El supuesto martirologio encontró calurosa acogida entre el público, lo que significaba demanda y por lo tanto consumo, así que el Orden llegó a la conclusión que esa versión sería la más beneficiosa para el bien común. Y por tanto fue la que se propagó.

Poco tiempo después apareció un extenso artículo en la revista cultural del *New York Times*, firmado por el prestigioso crítico de arte del periódico y profusamente ilustrado con la Obra Única, como la llamaban. Otros críticos hicieron lo mismo en otros tantos y no menos respetados medios informativos. Todos llegaban a la misma conclusión: se trataba de una obra maestra. A consecuencia de esos análisis y comentarios, pronto el rostro de Gabriel y su obra ocuparon las portadas de las principales revistas de arte. Años después, el cuadro fue adquirido por el Museo de Arte Moderno de Nueva York, donde ocupa, hasta el presente, un lugar destacado. Allí continúa, a pesar de que ha provocado protestas. Muchos visitantes se han quejado de que trasmite una tristeza insoportable. Lo que no ha hecho más que aumentar el interés por la obra.

Aunque el autor no lo tituló de modo alguno, con el tiempo, el cuadro fue bautizado con la palabra que se halló escrita a unos pies de él, en una de las paredes del famoso sótano: Accidente.

Caperucita Roja

Y diciendo estas palabras, el malvado lobo se abalanzó sobre Caperucita Roja y se la comió.

Charles Perrault

El cuento

Leyó con una voz como él, grande y cuadrada: *Érase una vez en un pueblo una niñita, la más bonita que jamás se hubiera visto; su madre estaba enloquecida con ella y su abuela mucho más todavía...*

Ella abrió las piernas y empezó a rascarse. El sexo afeitado, excepto una profusa moña como paja seca que le crecía en lo alto del pubis. Su mano, tan pequeña. Estaba desnuda, poco más que una lagartija espatarrada. Nada de tetas, los pezones atornillados encima de las costillas.

El brazo en el que apoyaba la cabeza dejaba al descubierto una axila llena de una estopa compacta.

Las uñas entre la paja: cric cric, cric cric.

—Déjalo, o no te leo el cuento.

Tenía los labios menores tan grandes que formaban dos alas y el clítoris tan largo que colgaba como un gusano.

—Me pica.

Nick Santos apartó el libro y lo dejó sobre la sábana arrugada. Cerró los ojos. Medía más de dos metros. En su espalda se podía estacionar un monovolumen. Las manos como guantes de base-ball. Cuando habló dejó al descubierto una dentadura perfecta. Naturalmente perfecta.

—El día ha sido largo, Rana.

Ella lo contempló con una adoración un tanto sucia. Sonrió. Los dientes demasiado pequeños y los colmillos demasiado largos.

—Bueno, Papi.

Apartó la manita.

Santos reinició la lectura.

Su madre estaba enloquecida con ella, y su abuela mucho más...

Se detuvo otra vez.

−Cierra las piernas.

La mujer cerró las piernas.

Acababa de cumplir diecinueve años. Pesaba cuarenta kilos. Casi diez más que cuando Santos le puso la vista encima por primera vez. Lo recordaba perfectamente. Estaba en el mastodóntico vestíbulo del Hotel Pavillion, discutiendo con un empleado que la sacudía de tal forma que parecía a punto de arrancarle un brazo. Más que una mujer parecía una rana. Del hombro le colgaba una bolsa muy grande, de piel de cocodrilo.

El tipo lucía un bigotico fino y patillas largas, de galán de telenovelas mejicanas.

Santos detuvo su gigantesca humanidad junto a la pareja. Sacó la placa y se la metió en la cara al hombre que bizqueó y dio un paso atrás. Pero no soltó a su presa.

−Suelta a la niña.

−No soy una niña.

−Suéltala. Ahora.

La soltó a regañadientes. Se arregló el bigotico y el cuello de la chaqueta.

−Esta puta…

−Qué puta…

−Esta…

−Apuesto a que tiene nombre.

−Zoila, dijo la rana.

−Zoila. Llámala Zoila.

El empleado puso cara de disgusto.

A Santos le importó un carajo.

−Parece mentira que seas cubano, dijo Zoila mirando al del bigotico.

—Ser cubano no tiene nada que ver con esto. Aquí no puedes buscar clientes. Puta.

—No estoy buscando clientes.

—Si vuelves a llamarla puta te saco todos los dientes. ¿Entendido?

—Entendido.

—Tú, siéntate —Santos indicó a la rana un sofá del tamaño de un Chevrolet Impala de 1958, a dos pasos.

—Y tú puedes irte. Ya me ocupo yo.

El del bigotito se marchó refunfuñando. Fue a apostarse tras el elefante de mármol que hacía de mostrador, en la recepción. Se escuchaba el rumor de una fuente y los maleteros trasegaban cargados como mulas del Yukon durante la fiebre del oro.

—¿Me vas a arrestar?

La rana iba muy maquillada. Vestía una camiseta de tirantes bordados, una faldita de vuelos de gasa y tacones de quince centímetros. Los huesos de los tobillos le sobresalían como periscopios.

—Eres poca cosa.

—Eso depende de para qué cosa. ¿Me vas a arrestar?

—No te voy a arrestar, pon ese poco culo flaco en el cabrón sofá. Y no te muevas. Tengo que subir al penthouse.

Subió.

Desde el penthouse se veía un buen trozo de bahía, Dodge Island, el McArthur Causeway y los techos de las mansiones de Star Island. A lo lejos, Miami Beach inmersa en una nata ondulante. La torre del Southeast Center relucía al sol. Biscayne atiborrado de coches y a la izquierda Overtown como una mosca aplastada, salteada de espacios renegridos, cicatrices de los últimos disturbios. Hacía tanto calor que el paisaje humeaba como recién sacado de un microondas.

Pero dentro de la habitación, bien podías estar en Boston en pleno diciembre. Santos hizo una mueca.

–Puto aire acondicionado.

El muerto se hallaba apoyado en la cristalera. La mitad del cerebro estaba desperdigada por la pared. La otra mitad permanecía en su sitio. Más o menos. Le habían disparado con balas explosivas. Y después toda una ráfaga en el pecho.

–Una Uzi –murmuró a su lado Ubaldo, embutido en una guayabera empapada cuyo sudor empezaba a congelarse.

–Early bird –dijo Santos sin mirarlo.

El muerto vestía pijama a rayas finas, doradas, y pantuflas blancas que ahora eran negras de tanta sangre coagulada.

–Putas drogas.

–Sí. Es como si todos los traficantes del mundo se hubieran mudado para esta cabrona ciudad.

Los del equipo forense revoloteaban como mariposas nocturnas.

Santos se encaminó a la salida. Portal entró en ese momento con una cámara más grande que él.

–Hola Nick.

–Hola Portal.

–Qué tenemos.

–Una piltrafa. Documenta, Portal. Quiero todos los detalles.

–Sí Jefe.

–¿Pero ya te vas? Quiso saber Ubaldo.

–Tengo algo esperándome abajo.

Bajó la cabeza para no pegarse con el marco de la puerta.

Cuando salió del ascensor se la encontró en el sofá, engurruñada de tal manera que ya no parecía una rana sino un renacuajo.

El tipo de uniforme no le perdía pie ni pisada, parapetado detrás del marmóreo paquidermo.

—Así que no te has largado…

—¿Tenía que haberme largado?

—No. Vamos.

Salieron al sol y al hirviente día. La luz cegaba al rebotar en el asfalto reblandecido.

La implacable luz mediterránea; Santos recordó la frase. La había leído días atrás, en una revista española. Qué coño sabría esa gente de la luz.

Antes de llegar al coche, ya sudaban copiosamente. Del mar soplaba un aliento calcinado. Los asientos del coche ardían.

—Si me mientes lo lamentarás. ¿Qué hacías en el hotel?

—Buscar clientes.

—Qué edad tienes.

—Veinte, bueno, casi diecinueve.

—Pues parece que tienes doce.

—Diecinueve.

—¿Viniste en los botes?

—Sí. En Cuba puteaba, desde los doce. Soy muy buena con las manos.

—No me digas…

Santos se quedó en silencio un momento. Mirando a través del parabrisas y a través de un grupo de palmeras polvorientas los blancos cruceros. Las nubecillas como rizos que levantaban las lanchas rápidas. A su izquierda, la biblioteca pública parecía un barco varado en medio de Bayfront Park. El capó del coche estaba cubierto de flores de un flamboyán cercano: empezaban a derretirse. El resultado manchaba la superficie metálica y hacía rodar gotas bermellón hasta el asfalto.

Sudaron un poco más.

—¿Eres cubano?

—No. Mis padres.

Ella sonrió. Santos vio por primera vez sus espesas pestañas amarillas, su cara plana, la achatada nariz, y vio por primera vez los pequeños dientes y los largos colmillos. Demasiado varonil.

—¿Seguro que eres hembra?

—¿Quieres que te enseñe el chocho?

—No.

—Soy un poco marimacho. Es verdad. Creo que por eso les gusto tanto. Ya sabes que los hombres son todos un poco maricones.

—Bonito vocabulario. ¿Tienes donde quedarte?

El calor no tenía nada que ver con el clima; era una presencia que te agarraba por el cuello y se empeñaba en asfixiarte.

—No, estoy durmiendo en las carpas, bajo el expressway. ¿Sabes que han metido allí a los marielitos?

—¿Quién no lo sabe?

Otro silencio. Una rubia y su enorme culo pasaron delante del coche. Llevaba un pantalón dos tallas por debajo de lo necesario. Santos la siguió con la mirada. Le recordó a Patria, la camarera del Casablanca. Siempre con los pantalones muy apretados, siempre con aquellas blusas que dejaban la mitad de las tetas al aire. Como para no agarrárselas. Subió las ventanillas y conectó el aire acondicionado. Le gustaban esos culos grandes, oceánicos. De las rejillas brotó una vaharada de aire hirviente.

—Puto aire acondicionado.

Nunca sabría por qué dijo lo que dijo a continuación. Tampoco es que le preocupara mucho.

—¿Quieres venir conmigo?

—Sí.

—Piénsalo.

—No tengo nada que pensar. Cualquier cosa tiene que ser mejor que vivir debajo de un expressway.

—Dos condiciones. Nada de drogas, nada de putear. Ya te encontraré un trabajo.

—De acuerdo.

—Y quiero ver un certificado de nacimiento.

Para su sorpresa, la muchacha abrió la bolsa de piel de cocodrilo y sacó una carterita de charol. Del interior extrajo un papel doblado, metido en una funda de plástico. Lo desplegó con cuidado y se lo tendió.

—Aquí está.

Santos lo examinó, tocándolo apenas.

—Fíjate en el cuño.

—¿Qué coño es Mantilla?

—Un sitio que da asco. Nací ahí. Todos los que viven en Mantilla son subnormales. O ladrones o putas o chivatos.

—A los de los botes les quitan todo allá, antes de embarcar. He conversado con algunos.

—Sí, pero lo saqué.

—Vaya. Qué suerte.

—Lo envolví bien en una bolsa de polietileno y me lo escondí en el chocho.

Puso en marcha el motor.

Cuando preguntó a sus informantes de la Pequeña Habana, se enteró que la Rana tenía cierta fama entre los marielitos de Tent City. Se llamaba Zoila Marrero pero la conocían como Zoila Pajas. Es verdad que puteaba, pero en vez de su magro cuerpo, que no era una gran mercancía, en eso estaban de acuerdo los informantes, vendía pajas. Todos concordaban en que era muy buena haciendo pajas. A los pocos días de llegar ya la venían a recoger en Cadillacs y Mercedes. Y se compró un par de atuendos rutilantes y una noche se fue a cenar al Versailles, el popular restaurante de la Calle Ocho.

La llevó a su apartamento en la 4ᵗᵃ Avenida del SW, cerca del río. Cuando salieron del coche, se colgó de su cuello. Así subió la escalera. Parecía un collar.

Esa noche, después que Santos terminó de limpiar los cacharros de la cantina y se bebió el vaso de vino reglamentario, se tendió a su lado. En la cal del techo se alternaban las cruces de la farmacia de enfrente. Cruces rojas y verdes. Con un intervalo amarillo. De la planta baja ascendía un murmullo de música. El aparato de aire acondicionado producía un rumor de goma mascada.

En la oscuridad, Zoila Marrero se puso a horcajadas sobre su pecho. Era como tener encima un gato.

–No tienes que hacer nada.

–Ya lo sé.

No era una niña.

Santos dormía desnudo, así que no tuvo que quitarle la ropa. Puso su cara a un centímetro de la suya, pero no lo besó. Se limitó a mirarlo. Le olisqueó debajo de los brazos. Luego se volvió, alzó el culito y le puso las alas y el gusano en la cara. Él no abrió los ojos. Olía a queso pasado, un aroma fuerte y almizclado, y a mermelada de arándanos y a zumo de piña y a pescado crudo con limón. Le gustó. Sintió un latigazo en los testículos y se le levantó. Una verga a juego con su cuerpo. Larga, tibia y gruesa como una barra de pan.

–Virgensantísima, qué bestia…

Él le apartó las manitas. En algún momento, se las había ensalivado.

–No –dijo. Y la voz le salió más cuadrada que de costumbre.

Dejó que el gusano se deslizara en su boca. Las alas se posaron a cada lado de la nariz, pegajosas. Entonces ella se despegó, echó hacia delante el cuerpecito escuálido y se abrazó a la verga como quien se abraza a un mástil. Dentro de su pecho aullaba una tormenta. Santos era capaz de escucharla. El aullido era oscuro y desconsolado.

Desde aquella noche, habían pasado tres meses.
–¿Ya estás dormida?
–No. Sigue. Nunca nadie me ha leído un cuento.

Al pasar por un bosque, la niña se encontró al taimado lobo...

Caperucita

Las carpas se hallan bajo la I-95. Es temprano, y salvo algunos vehículos de la prensa que levantan sus antenas –se espera la visita de un alto funcionario de Tallahassee– y cuatro hombres que arman una mesa plegable para jugar al dominó, no hay mucha actividad en el improvisado refugio de los inmigrantes. Que siguen llegando a Cayo Hueso desde el puerto de Mariel. Cien mil hasta el momento. Que han sido entregados a sus familiares, recluidos en campamentos militares, o que malviven en esta ciudad de carpas bajo el expressway.

El flujo no se detiene, aunque ha disminuido considerablemente en las últimas semanas. Todo parece indicar que terminará pronto. También ha terminado el entusiasmo con que los fugitivos fueron recibidos al inicio del éxodo.

Casi diez mil locos y presidiarios, que el gobierno cubano sacó de cárceles y manicomios y obligó a hacer el viaje, han ayudado a cambiar el entusiasmo inicial.

La tasa de criminalidad ha aumentado un veinte por ciento, los homicidios un setenta por ciento.

No ha comenzado a pegar fuerte el sol y la luz de la mañana ostenta ese rango marino característico de los amaneceres de la ciudad.

La muchacha sale de una de las carpas y cruza la calle hasta una cafetería cercana. En el mostrador, pide un café con leche y una tostada de pan cubano con mucha mantequilla. De todas formas, siempre las sirven con mucha mantequilla. No es una tostada cubana si no tiene mucha mantequilla.

—¿Oscuro o claro?

—Oscuro.

El dueño, un viejo de bigotes blancos y cara de madera, cuarteada, curtida por el sol, vierte café en la taza de porcelana. Hasta la mitad, más o menos. Un café espeso, oloroso y fuerte como sólo se consigue en Miami. La leche no es blanca sino color caramelo pues lleva horas en el calentador y allí se ha ido dorando. A continuación saca el pan de la tostadora. La mantequilla gotea sobre el plato. Pone el plato junto a la tasa. Tiene tantas arrugas en la cara que esta parece el mapa de una antigua red de alcantarillado.

—Uno cincuenta —dice.

La muchacha saca un arrugado billete de cinco dólares y lo deposita sobre la tarima; a continuación, bebe un sorbito del hirviente café con leche y el rostro se le ilumina.

—Esto es la vida —afirma.

—La Biblia —responde el viejo.

—¿La Biblia?

—Sí, quiere decir que lo que has dicho es la pura verdad. Que es como si lo hubieras sacado de la Santa Biblia. Ya verás como también a ti te cambia la forma de hablar. Terminarás hablando el spanglish ese que hablan los jóvenes aquí. Yo a mi hijo ya casi no lo entiendo.

—Na —responde la muchacha y sacude la cabeza.

El hombre se pasa la mano por el pelo. Canoso y abundante. De la cafetera escapa una voluta de vapor y un resoplido. El zumbido del tráfico en la I-95 crece por momentos. El fresquito mañanero se evapora a toda velocidad y el cielo se pone cada vez más blanco.

—Cubana, rubia y de ojos azules, mira tú.

—Hay muchas.

Se queda mirando el manojo de cañas y la boca dentada de la máquina de hacer guarapo. Varias abejas están posadas en el colador de metal que reposa encima de un trapo, en el mostrador.

—Qué rico el guarapo —suspira.

Es una de esas mujeres cuyas voces se han quedado en la infancia. Eso puede resultar sensual. No en este caso. Es una voz de niña en un cuerpo adulto. En el cuerpo de una mujer que tendrá poco más de veinte años. Nada más. Ha dicho «qué rico el guarapo» de forma tan triste que parece que esté dando una mala noticia.

—Pero allá tiene que haber guarapo. ¿No?

—No. Nunca había probado el guarapo. El primero me lo tomé aquí mismo, ayer. ¿No se acuerda que estuve aquí ayer?

—No te lo puedo creer. ¿Y qué ha hecho ese hombre con toda la caña de azúcar que hay en Cuba?

—No sé. Se la mandará a los rusos. Pero guarapo no hay.

—Hijos de puta.

—Usted no lo sabe bien.

Es como si la madera del rostro del viejo se hubiera podrido de golpe.

—Sí que lo sé, estuve en la cárcel diez años.

En la calle se detiene una furgoneta carmelita de la que se apean dos monjas. También carmelitas. Van hacia una de las carpas que tiene una cruz roja pintada en el costado. Son jóvenes las monjas y huelen a limpio a diez metros y cargan cajas de cartón. Uno de los jugadores de dominó se levanta y va a ayudarlas con las cajas. Le faltan los dientes. Necesita un corte de pelo. Se le marcan las costillas. Viste unos vaqueros recortados por encima de las rodillas y una camiseta cortesía de los Kiwanis de la Pequeña Habana. Las sandalias que calza son de goma, de las que se usan para ir a la playa. En la mesa de juego se levantan unas risas.

—Hijos de puta —repite el viejo.

La joven no responde, concentrada en masticar y beber. Sopla la superficie del líquido. Cuando lo hace, arruga la nariz y entrecierra los ojos.

Permanecen en silencio.

Al fin, el viejo, enfático:

—¡Pues de ahora en adelante puedes tomar guarapo gratis aquí! Cada vez que quieras, nada más tienes que cruzar la calle y pedirlo.

—¿De verdad? Ay, gracias.

—De nada.

Ríe la muchacha y abre los ojos y alza las cejas. Un gesto que quiere decir «lo que son las cosas». El rubio y fino cabello se agita un instante. Una risa apagada y tímida que parece pedir excusas por ser una risa.

—Gracias —dice otra vez—. No le voy salir muy cara porque mañana, o tal vez hoy mismo, me iré a vivir con mi abuela. Ahora voy a visitarla. A lo mejor ya me quedo en su casa.

—Haces muy bien. Esas carpas no son lugar para una jovencita.

—No se preocupe, yo me hago respetar.

Muerde la tostada con cuidado, para no llenarse el vestido de mantequilla. Bebe otro sorbo de café con leche.

—¿A qué hora pasa la guagua que va para Kendall?

—Como a las nueve menos cuarto. En teoría. Pasan cuando les da la gana.

Cuando termina de desayunar, la joven se encamina a la cercana parada del autobús. Tiene el cabello peinado hacia atrás, recogido en una coleta. Puede decirse que es bonita, aunque su rostro es el rostro de alguien a quien le han sucedido demasiadas cosas en muy poco tiempo.

—Suerte, linda —le grita el viejo—. Y ya sabes… ¡free guarapo!

—Gracias, gracias —contesta la muchacha y agita la mano sin dejar de avanzar.

La parada está unos veinte pasos hacia el oeste. Recorre la distancia sin prisas. Le faltan cinco kilos para alcanzar su peso natural. Pero es un cuerpo bien proporcionado. Se sienta junto a una anciana de pelo violeta. Ese color parece estar de moda entre las sesentonas cubanas. A la muchacha le resulta cómico y vuelve la cabeza hacia otro lado para sonreír.

Poco a poco, la parada se va llenando de obreros y de ancianos que van a las clínicas de la Pequeña Habana. Gente pobre pero limpia y perfumada. El sistema de transporte público es malo e indigno de una gran ciudad. Los autobuses los utilizan, mayoritariamente, los pobres. En Miami resulta una especie de baldón no tener coche.

Cada vez que un empresario emprendedor intenta crear una red de transporte eficiente, los vendedores de coches se encargan de que fracase. Son grandes contribuyentes a las campañas políticas en Miami y en Miami Dade County, así que los políticos se encargan de que el transporte público sea un desastre. Y lo consiguen.

Bajo las columnas de hormigón que sostienen la interestatal I-95 ha comenzado una nueva jornada. Varias mujeres lavan ropa en una palangana de plástico. Otra baña a un niño en una ducha improvisada, a la intemperie. Varios hombres sin camisa conversan junto a una tendedera. Fuman sin parar y gesticulan aparatosamente.

Una patrullera de la policía del Condado estaciona frente a la cafetería. Uno de los agentes sale del coche, saluda en español al viejo, y pide una colada con mucha azúcar, para llevar.

—Pobre gente, lo que ha hecho ese hombre con Cuba no tiene nombre —dice la anciana del pelo violeta, mirando las carpas.

—Mejor que allá, están —responde la joven.

—Sí, mejor que allá hasta debajo de un puente —concuerda la anciana.

—La Biblia, responde la muchacha.

Enseguida, el resto de los que aguardan se suma a la conversación. Hablan todos a la vez. Cuando se enteran de que la muchacha rubia es una de las recién llegadas, un hombre que viste chaqueta y corbata color mostaza se ofrece a conseguirle trabajo en un supermarket de Flagler y le anota un teléfono en un trozo de papel.

En eso llega el autobús. Se sienta junto a una ventanilla. Cuando el autobús pasa frente a la cafetería sus ojos se encuentran con los del viejo. La muchacha alza la mano y saluda. Ambos sonríen.

Se sienta y disfruta del aire acondicionado. Afuera pasa la ciudad. Una ciudad que no es una ciudad sino el Sueño de millones de cubanos que viven en la isla.

He tenido suerte. ¿Cuánta gente se ha ahogado tratando de llegar aquí? Muchas. Miles. He tenido suerte. ¿Será verdad que hay cocacolas que se enfrían solas cuando las destapan? A mí todavía no me ha tocado ninguna. Autobuses con aire acondicionado. Estos yankis están volados. ¿Será verdad que hay chupetes que flotan? Cuánta comida, cuántos coches, cuántos edificios bonitos. Cuánta ropa. Qué boba echarme a llorar cuando me llevaron al supermercado. No debieron llevarme allí. Aunque sé que no lo hicieron con mala intención. Me eché a llorar como una boba. Es que me acordé de Mami y Papi, del hambre que pasan. Aquí, con un McDonald ya resuelves. Y no son tan caros. Y con uno de esos sandwiches cubanos que venden en cualquier parte comen cuatro. Qué barbaridad. Esta gente no sabe lo que es pasar hambre. En cuanto empiece a trabajar, las cosas irán mejorando. Qué viejito más simpático, guarapo gratis.

El downtown queda atrás. Se vuelve a contemplar los rascacielos.

Qué lindos. Aquí todo está como más vivo. Y todo es definitivamente más grande.

Resulta curioso cómo los escenarios donde transcurriera su vida se empequeñecen en la memoria. Las avenidas de la isla no son, a fin de cuentas, más que callecitas.

Toman la Calle Ocho, atraviesan la Pequeña Habana. Una de las paradas coincide con una enorme vidriera de una tienda donde venden televisores.

Algún día me compraré uno de esos, el más grande que fabriquen. Sí, el más grande.

El autobús llega a Coral Way y está un rato a la sombra de los gigantescos banianos. Entran en Miracle Mile. Atraviesan Le Jeune Road.

Santo cielo mira esas tiendas. Qué belleza. Si no hubiera sido por abuela todavía estaría en Opa-Locka. O en uno de esos centros donde llevan a los que no tienen familia aquí. Qué horror, con los delincuentes y los locos. En cuanto la llamaron dijo que sí, que era mi abuela. Por eso me entregaron el famoso papelito y me dejaron salir. Un papelito de nada pero con él podré empezar una nueva vida. Tendré que ponerme a trabajar duro para sacar a Mami y Papi. Pero no me importa. En Cuba también trabajaba como una mula y para nada. La abuela parece buena gente. Estuvo muy cariñosa por teléfono. Cómo se parece a Mami. Bueno, al revés. Tiene todo el pelo blanco en las fotografías. ¿Cuántos años tendrá? Como setenta. Menos mal que no le ha dado por teñirse de violeta. Viviremos juntas. Nos haremos compañía. Es lo que ella quiere y me parece lo mejor. Se ofendió cuando le dije que no quería ser una carga. Y tiene razón, somos familia. Es lo más grande que hay, la familia. Yo cuidaré de ella. Está sola la pobre. Aunque sea una vieja resabiosa, que no lo parece, la verdad. Cuidaré de ella. Si no hubiera sido por su dinero lo hubiéramos pasado mucho peor. De vez en cuando nos mandaba algo. No mucho. Porque no es rica, vive de su retiro. Pero lo mandaba. Hasta mi vestido de los quince se compró con ese dinero. Sin su dinero no hubiera tenido ni un vestido decente que ponerme el día de mis quince.

En medio de Coral Gables se adormece. Cuando despierta está en Dixie Highway y la 105 Ave. El autobús está casi vacío.

Se levanta y le muestra al conductor el papel donde lleva escrita la dirección de la abuela. El hombre alza tres dedos negros y gordos para indicarle las paradas que faltan.

Se apea junto a una gasolinera. En la gasolinera, compra una pequeña torta de manzana. No va a aparecerse con las manos vacías. Imagina a su madre orgullosa, sonriendo porque ha enseñado a su hija a tener modales. Pensar en su madre la entristece. Siente que va a echarse a llorar. Ella nunca ha sido llorona, pero estos días por cualquier cosa se echa a llorar. Es por la separación. Ya se le pasará.

Deja a sus espaldas la bulliciosa avenida y se interna en un barrio de calles arboladas. A lo lejos, el ruido de una máquina de cortar el césped rompe la quietud, la serenidad de la mañana. Se trata de un suburbio apacible, de gente que puede permitirse una vivienda con patio y amplios garajes.

No tiene grandes dificultades para encontrar la casa. Tiene un pequeño y cuidado jardín. Unas arecas crecen en unos tiestos de latón, a cada lado de la puerta de entrada. La casa está pintada de blanco. El techo es de tejas. Una casa antigua, de piedra, levantada en un terreno donde crecen algunos árboles: un mango frondoso, un naranjo. Y numerosas plantas ornamentales. Ya le dijo la abuela, que adora las plantas.

Abre la verja que da acceso al jardín. Recorre el sendero de cemento. La puerta tiene mosquitera, las ventanas están cubiertas con unas cortinitas de gasa. Parece una casa fresca. Le llega el perfume de un jazmín.

Presiona varias veces el timbre, pero no obtiene respuesta. Tal vez esté roto, piensa.

—Abuela, soy yo —dice y golpea con los nudillos el cristal de la ventana.

Aguarda unos instantes, pero el interior de la casa permanece en silencio.

Abre la mosquitera y vuelve a tocar con los nudillos, esta vez en la superficie de madera.

Dentro, todo sigue en silencio.

—Abuela —vuelve a tocar, esta vez con más fuerza.

La puerta se abre.

—¿Abuela?

Entra a una salita. Hay un sofá confortable, un butacón y un cuadro al óleo de un paisaje cubano, con un río y palmeras. A la izquierda, un delicado mueble de puertas de cristal. Dentro, muñecas de porcelana, piezas de una elaborada vajilla. Sobre el mueble, algunas fotografías.

Las baldosas del suelo están muy limpias.

—¿Abuela?

Un pasillo une el lugar donde se encuentra con el resto de la casa. Espera un momento, indecisa. Una tenue brisa agita las cortinas.

—¿Abuela?

Avanza unos pasos. Se detiene junto al mueble y mira las fotos. Una pareja posando junto a un enorme cocodrilo de cartón piedra, a la entrada de un zoo. La misma pareja apoyada en un coche largo y abombado. Riendo, hundidos hasta la rodilla en la nieve. Un grupo familiar, que viste largos abrigos. Su abuela joven, con un hermoso vestido blanco, una tiara, y el pelo recogido. El día de su boda, probablemente. Una de las fotos tiene un marco dorado. Su abuelo. Con bigote y corbata. Lo ha visto en otras fotos.

Está en el lugar correcto. Por un momento llegó a pensar que había entrado en la casa equivocada.

—¿Abuela?

Se mueve hacia el centro del pasillo que entronca con la salita. Entonces, al fondo, a través de la entrada que da acceso a un dormitorio, distingue una figura tumbada. La cama en la que se encuentra está cubierta con una vaporosa sobrecama. Avanza otro paso. Sonríe. Reconoce a la mujer tumbada, aparentemente dormida.

—Abuela, estoy aquí.

A su derecha se abre el comedor. Una estancia amplia de paredes empapeladas. Del techo pende una lámpara compuesta por decenas de lágrimas de cristal. Se detiene. Piensa en poner la tarta sobre la mesa. Pero no lo hace.

Una sensación extraña se apodera de ella. Una sensación de extrañeza y también de inquietud.

En la mesa, que es larga y ancha y barnizada, cuidadosamente extendido, se halla un chubasquero rojo, con caperuza.

Ese no es lugar para colocar un chubasquero, es lo que le viene a la cabeza.

Alguien se ha cuidado de que quede en el centro, cada pliegue ordenado meticulosamente. La capucha de la prenda, extendida, forma una flecha que apunta a un haz de ramas apiladas en el extremo más alejado del mueble. Las ramas tienen un extremo afilado y en el otro conservan las hojas del árbol del cual han sido cortadas.

Sin que pueda explicarse la razón, una oleada de terror le sube desde el estómago y se le amontona en la garganta.

De súbito, sabe que hay alguien a sus espaldas. Siente en la nuca una respiración espesa. Todo se hace vertiginosamente lento. Se vuelve. Alcanza a ver una forma grande e hirsuta. Está demasiado cerca para que pueda percibir los detalles. Quiere gritar. Pero no encuentra su voz.

Cuando un peso enorme la derriba, aún sostiene entre las manos la tarta de manzana.

EL LOBO

Llovía. Uno de esos aguaceros fulminantes de Miami que duraban muy poco, no refrescaban nada y sólo servían para aumentar el calor y la sensación de bochorno.

Santos se quedó sentado en el coche, mirando la lluvia caer sobre los vehículos y sobre los hombres dentro de sus capas amplias y chillonas. Los goterones levantaban la tierra del jardín, removían las hojas, producían un rumor de desbandada. Los hombres se agrupaban junto a la verja, o entraban y salían de la casa como enormes pájaros plásticos.

Mientras permanecía allí, pensó en el Poeta. El Poeta era lo más parecido a un amigo que tenía Nick Santos. Llevaba desaparecido algún tiempo. Un mes. ¿Dos? El detective había recorrido los tugurios en los que acostumbraba recalar; pero nadie sabía nada. Quizás lo más inquietante era que tampoco Patria, que solía rapiñar para él algo de la comida que sobraba en el restaurante, lo había visto en las últimas semanas. Vivir en las cloacas de Miami no era fácil, pero el Poeta vivía en ellas desde hacía muchos años y las cloacas no habían podido con él. Tal vez estuviera en algún hospital. O en algún albergue para desamparados. No tenía por qué preocuparse. No era la primera vez que desaparecía por un tiempo. Para luego reaparecer en cualquier esquina de la Pequeña Habana. Flaco, huesudo y borracho, pero vivo.

El aguacero se detuvo de golpe, tal y como había comenzado. Los agentes miraron el cielo y se quitaron las capas. En el asfalto mojado se reflejaban las nubes. Ripios blancos en el espejeante gris. Santos salió del coche. Una niña apareció en el portal de la casa de enfrente, se quedó mirando al gigante y tras dudar un momento, lo saludó agitando la mano. El gigante le devolvió el saludo.

La mujer estaba sobre la mesa del comedor. Una mujer joven. Rubia. El pelo fino, recogido en una coleta. Sus ojos, intensamente azules, permanecían muy abiertos, fijos en las lágrimas de cristal de la aparatosa lámpara que colgaba del techo. La expresión de su rostro, congelada por la muerte, era la de alguien deslumbrado por una luz cegadora. Tenía los labios morados y rotos y un feo hematoma que nacía en la mandíbula y cubría casi toda la mejilla izquierda.

Posiblemente perdió el conocimiento a consecuencia del golpe –pensó el detective–. Sí, seguro perdió el conocimiento. Al menos en eso tuvo suerte.

Ubaldo, de pie en el pasillo que daba acceso al comedor, parecía a punto de vomitar. Un forense ventrudo, pelirrojo, de gafas con cristales muy gruesos, que vestía una bata almidonada, sentado en un rincón, tomaba notas. Se interrumpía con frecuencia para darse golpecitos con el lápiz en los dientes. El golpeteo producía un desagradable tac tac tac.

–La mató la herida del cuello –dijo el pelirrojo apuntando con el lápiz–. No tardó mucho en morir. Aunque posiblemente estuviera sin conocimiento por ese golpe en la cara. Tiene la mandíbula fracturada, tres muelas sueltas y el hueso nasal destrozado. Antes de que la golpeara, luchó. Tenía pelos dentro de la boca y en una uña partida. Habrá que analizarlos, el asesino es un tipo muy peludo. Si es que es humano.

–¿Si es que es humano?

–Los pelos no me parecen humanos.

Alguien había abierto una ventana y el olor a lluvia entraba y ayudaba a respirar.

–Parecen de un perro.

¿Un perro?

—Sí, un perro enorme, a juzgar por la mordida de la garganta. Tampoco me parece que pudiera causarla un ser humano. Sin embargo, lo de las ramas es un trabajo humano, un humano muy hijo de puta, pero un humano.

—Así que un hijo de puta y su hijo de puta perro...

Eso parece...

—Odio los perros.

El cuerpo se hallaba desnudo, excepto por el chubasquero rojo. Los cabellos rubios escapaban por el borde de la capucha.

La cabeza estaba en buen estado, exceptuando el golpe en la mandíbula. El tórax y el vientre, por el contrario, presentaban numerosas heridas. Por una de ellas, justo encima del pubis, asomaban las vísceras, tachonadas de gruesos coágulos.

Santos avanzó unos pasos. El aire desplazado agitó los efluvios que emanaban del cadáver y el pelirrojo sacó un pañuelo de hilo y se lo pasó por la frente sin interrumpir el tac tac tac del lápiz contra sus dientes.

—Para eso —dijo, sin mirar al pelirrojo.

La piel del pelirrojo, rosada. Su rostro cubierto de pecas. El tac tac tac cesó.

Santos se situó a un costado de la mesa. Entonces, de súbito, lo vio. Como en una película.

El libro, las ilustraciones, las páginas, las palabras y escuchó su propia voz leyéndolas.

No puede ser.

Pero ahí estaba el bosque. Del pecho y el estómago de la mujer brotaba un pequeño bosque.

La nieta, la caperuza roja, el bosque...

Se acercó más. Sus movimientos eran asombrosamente ligeros, como si pertenecieran a una persona que mediera veinte centímetros menos y pesara la mitad de su peso. Sus manazas se desplazaban en el aire nauseabundo como si fueran de algodón. A la mujer le faltaba la mitad del cuello. Era una herida circular y profunda, de bordes rasgados. La piel del cadáver tenía un tono lácteo intenso, salvo en torno a las heridas donde se tornaba rosa y violeta. No era un color feo. Si se aislara, podría ser el color de los atardeceres de Miami. Las ramas se hundían profundamente en el pecho y el vientre. El detective se agachó y miró hacia arriba. Las ramas formaban una especie de techo, tupido. Las hojas conservaban un color intenso y fresco. No había pasado mucho tiempo entre el momento en que el asesino las cortó del árbol y el momento en que las clavó en el cuerpo de la muchacha. Dos de las estacas se hundían donde estuvieron los pezones. La sangre formaba un charco oscuro sobre la tabla barnizada.

No puede ser...

Tal vez fuera casualidad, pero Santos lo dudaba. Demasiadas casualidades.

—Falta la abuela —murmuró.

Entonces recordó que eran dos los cadáveres.

—El otro está en el dormitorio, al final del pasillo —dijo Ubaldo en ese momento. Ya no parecía a punto de vomitar, aunque continuaba teniendo la cara terrosa y desencajada.

—Una mujer de unos sesenta años. Le han abierto el vientre y...

—La abuela.

—Eso parece. Dicen los vecinos que había estado muy animada porque la nieta, que acababa de llegar en los botes, vendría a visitarla. Planeaba que se mudara con ella en los próximos días. Lo estuvo comentando con la mujer de enfrente y con el cartero retirado que vive al lado... ¿Cómo lo sabes?

—Qué.

—Que es la abuela.

Santos hizo una mueca. Se pasó el dorso de la mano por la nariz.

Ubaldo prosiguió:

—Una vecina sintió el olor. Se acercó y llamó a la puerta, pero no se atrevió a entrar. Pensó que le había dado un infarto o algo así. Pero no entró. Una de las mejores decisiones que ha tomado en su vida. ¿No te parece? Dice Red que llevan alrededor de cuarenta y ocho horas muertas. Con este calor…

—¿Dónde está Portal?

—En camino. Estaba haciendo fotos a un suicida en Islamorada cuando lo llamé…

Santos avanzó por el pasillo. Se detuvo en el umbral de la puerta que daba al dormitorio. El mismo olor dulzón, el aire aún más grueso y apelmazado. Todas las ventanas de la habitación permanecían cerradas.

La anciana estaba tendida en la cama, bocarriba. Lo más espantoso no era el agujero en el vientre, sino que estaba vacío. Desde donde estaba el detective podía ver la columna vertebral, el blancor de la carcasa sanguinolenta, las tiras de piel colgando hacia fuera como si la fuerza que abrió el agujero hubiera estado oculta dentro de la mujer, esperando el momento de salir a la luz.

Tenía el cabello blanco y el rostro mofletudo y los brazos llenos y amables. El asesino le había colocado un gorro de tela, antiguo, bordado, con una cinta amarilla para atarlo debajo del cuello. Nadie usaba algo así para dormir desde hacía al menos cien años. El detective paseó la vista por la estancia. Un televisor en un rincón, una pecera de plástico donde nadaba un pez mecánico, un crucifijo de metal, un armario antiguo. Junto a la cama, una mesita de noche con una lámpara, un libro y una foto de familia en la que aparecía una muchacha que con toda seguridad era la que se hallaba tendida en la mesa del comedor.

Al salir, Santos se cruzó con el fotógrafo.

—Portal, documenta.

—A la orden, Jefe.

Los charcos se evaporaban, del aguacero pronto no quedaría ni el menor rastro. El sol volvía a achicharrar Miami, como de costumbre, firme y programado como un animal.

En la acera, uno de los policías hizo un chiste y otro soltó una carcajada.

—Eh, un poco de respeto —gruñó Santos sin detenerse, con un tono de voz que hubiera detenido una estampida de rinocerontes.

Ubaldo lo esperaba apoyado en el coche.

—Horroroso, nunca había visto nada tan horroroso.

—Date un poco de tiempo. Siempre hay algo más horroroso.

El gigante alzó el rostro al cielo y lo contempló como si esperara ver otra cosa. Permaneció así hasta que la voz de su compañero lo hizo volver de donde quiera que estuviera.

—¿Qué? Te conozco. Escúpelo.

Santos aún guardó silencio un largo minuto.

Después, dejó ir la pregunta:

—¿No has leído el cuento?

—¿Qué cuento?

—El cuento, Caperucita Roja.

—¿Caperucita Roja? Se lo he leído a mis hijos. Pero al final el cazador mata al lobo y rescata a la abuela y a Caperucita.

—No en el cuento original. En el cuento original no hay ningún cazador.

—¡No hay ningún cazador! ¿Y qué pasa entonces? ¿Quién las salva?

—Nadie las salva. El lobo se come a la abuela y a la niña. Así termina la historia.

—¿Y qué pasa después?

Santos volvió a mirar el cielo.

—Nada. No pasa nada.

El pájaro

¿Cómo puede uno ponerse a salvo
de aquello que jamás desaparece?

Heráclito

1.

Matarse no es distanciarse de los seres humanos, es acercarse a ellos.

Llego a esta conclusión justo a tiempo. Me saco el arma de la boca.

Es magnífico haber arribado a esta gran verdad.

Experimento un extraordinario sosiego.

Ahora puedo llamar a Z.

Estoy sentado a los pies de la cama. Frente a la ventana. Por la ventana penetra una agradable brisa. La habitación huele a cosas pulidas: metales, cemento, plástico. Madera barnizada. Las cortinas son blancas, porosas.

Afuera, en el jardín, el sol centellea.

Una cría de estornino abre el pico, mientras sigue a sus padres, que hurgan en el césped.

Cien mil seres humanos se matan cada año en Europa. Un millón en todo el mundo.

Es la cúspide de la humanización.

Vuelvo a meter el arma en el cajón.

Marco el número de Z.

–¿Por fin te has decidido? –exclama Z.

–Sí.

2.

Vivo en un pueblo pequeño, en las afueras de la ciudad. Un lugar agradable, tranquilo. Compré la propiedad hace muchos años, cuando no había que ser muy rico o endeudarse monstruosamente para vivir en un lugar como este. Casas con jardines y árboles. Calles sombreadas, solitarias. No conozco a mis vecinos.

Mi casa está en la cima de una colina. La cerca, sepultada por las buganvillas, el jazmín, la hiedra. En primavera todo se cubre de flores. Desde la ventana veo porciones de tejados, entre los árboles. Colinas azules en la distancia. Bosques.

Algunos inviernos, hacia el norte, montañas nevadas.

De noche, en la distancia, el resplandor de la ciudad tiñe de amarillo las nubes bajas.

Hace tiempo fui escritor. Ganaba mucho dinero escribiendo historias estúpidas. La gente quiere historias cada vez más estúpidas. Ya no se lee otra cosa. Me tradujeron a todas las lenguas del mundo. La gente quería historias cada vez más estúpidas en todas partes. Lo único que cambiaba era el idioma. Pero la estupidez siempre tenía que ser la misma. En otro caso, el libro no se vendía. Si existe algo genuinamente universal, es la estupidez.

Gané mucho dinero y me instalé aquí.

Gracias a mi habilidad para escribir historias estúpidas vivo en este lugar tan agradable. Y luego hay quien dice que la estupidez no da frutos.

Pero pasaron los años. Y llegó el momento en que no toleraba las estupideces que escribía.

Ya no necesitaba trabajar. Lo dejé.

El mundo está lleno de dementes que no pueden vivir sin trabajar. Yo no soy uno de ellos.

Me dediqué al jardín. Adoro las plantas. Son verdes, no hablan.

Paso horas sentado bajo la mimosa. Desyerbando el huerto. Mirando las babosas. Riego el rosal, los pensamientos, las abelias, las margaritas, las verónicas, las azucenas. Leo. Me gusta leer. Disfruto del zumbar de los abejorros, del canto de los pájaros.

Escucho música. Me gusta cierta música. Voy a echar de menos los libros y la música. Es lo único que echaré de menos.

Hay muchos pájaros en el jardín.

3.

A la mañana siguiente me dirijo a casa de Z.

Z es un gran científico. Un verdadero genio, dicen algunas revistas especializadas. Otras, sin embargo, lo llaman nazi. Enemigo de la Humanidad.

Engendro del Mal, lo llamó cierta vez el Vicario de Dios en la Tierra. Z se divierte mucho con lo que dicen de él las revistas.

Yo creo que Z es un buen tipo, creativo, simpático. Un visionario.

Honrado.

Un poco raro, sí. Pero ¿quién que sea brillante no lo es?

Nos conocimos en la escuela primaria. Nuestros padres compartían la obsesión por las buenas escuelas. Congeniamos desde el primer día. Ya por entonces el aspecto de Z resultaba único.

Aunque no tanto como ahora.

Siempre he sido hábil para pelear. No me importa el dolor. Ni padecerlo, ni causarlo. Esa es la clave para mantener a raya a la manada. Los más inteligentes, los diferentes, lo pasaban mal en la escuela.

La manada tiene la piel gris. Si alguien tiene la piel de otro color hay que castigarlo. Ese es el código de la manada. Z tenía la piel azul, roja, amarilla. Muchas veces tuve que interponerme entre él y la manada.

Eso selló nuestra amistad.

Z vive en la parte alta de la ciudad. Tomo el tren.

Da igual a que parte del mundo uno vaya. Los mismos anuncios, las mismas ropas, los mismos gestos, las mismas películas, los mismos peinados. Los mismos rostros. Los mismos paisajes.

4.

Z me abre la puerta. Es todavía muy joven, unos cuarenta años, nariz larga y aguzada, que recuerda un cuerno. ¿Han visto un narval? Una fotografía, un documental, quiero decir: nadie ha visto un narval.

La nariz amenaza con clavarse en los labios protuberantes, pulposos. Más que labios, morro. ¿Un manatí? Y los gruesos pelos del bigote son sin duda los de un león marino.

Tiene debilidad por las criaturas del mar. Sobre todo por las extinguidas.

Las orejas, sin embargo, son las de un zorro. Y el cabello una tupida crin que forma dos macizos acerados en el centro de la cabeza. En el largo y esbelto cuello, lunares. Y esos grandes y redondos ojos color mandarina.

Hermoso.

Muy hermoso.

–¿Notas el progreso? –exclama en cuanto abre la puerta.

Asiento con la cabeza.

Sonríe.

Es verdaderamente asombroso el talento de Z.

5.

El laboratorio está ubicado en el sótano de la casa. Un sitio enorme, excelentemente equipado. Ingenios de última generación. Ejércitos de nanomáquinas.

—¿Estás seguro?

—Seguro.

—A partir de las dos semanas el proceso es irreversible. Antes de dos semanas podemos detenerlo. Después no. Cuando estés en la Cámara Liberadora, si tocas la gran pantalla roja o sencillamente pronuncias la palabra rojo, te sacaremos. Es la forma en que puedes interrumpir el proceso. Tendrás que firmar algunos papeles. Permanecerás un mes en la Cámara Liberadora. En el fondo, el proceso no es complicado; jugaré un poco con tu código genético. Los nanorobots se encargarán de algunas tareas. Eso será todo. ¿Está claro? Mira a la cámara cuando respondas.

—Muy claro. No me arrepentiré.

—Excelente. Ya sé que no te arrepentirás. ¿Por qué ibas a hacerlo? Mi pregunta, como sabes, es una formalidad impuesta por la Comisión de Especies. No eres el primero ni serás el último en escapar, aunque generalmente la gente prefiere a los mamíferos. Es algo comprensible, naturalmente.

La camilla tiene varios brazos y está conectada a un enorme ordenador. Es muy confortable. Numerosos zumbidos. Cables rojos, azules, negros, amarillos. Relucientes superficies. Por la pantalla desfilan volúmenes, planos fisiológicos, mapas de ADN, huesos, alas, picos que creo identificar como pertenecientes a una urraca. Un mirlo. Un estornino. Un cernícalo, tal vez.

Da igual.

Firmo, sin leerlos, sé perfectamente lo que dicen, los documentos que exoneran a Z de cualquier responsabilidad.

Confío en el genio de mi amigo, y si algo sale mal, ¿qué más da?

6.

Tendido, aguardo a que Z ponga las máquinas a punto.

Estoy tranquilo, mi respiración es profunda y acompasada. No tengo miedo. Experimento una burbujeante ansiedad.

¡Por fin!

He aguardado tanto este momento.

Puedo ver a Z sentado frente a un inmenso panel, una especie de pantalla dúctil y animada. Sus elegantes dedos se mueven por la pantalla a gran velocidad, como si tocaran un instrumento musical o como si acariciara un cuerpo amado.

Todo comienza con unas inyecciones.

Pero no siento dolor.

Antes de dormirme, ¡qué tontería!, recuerdo la casa de mi infancia. Pero podría ser otra. No estoy seguro. Sí, podría ser otra casa. Una casa es una casa.

Dedico una lastimera mirada a mi cuerpo antes de sumergirme en la oscuridad.

7.

Abro los ojos, las paredes bullen. Estoy sumergido. Qué tibio. Respiro un líquido cremoso y cimbreante. ¿Los nanorobots? Todo es agradable, la temperatura, el cosquilleo en mis músculos, en mis huesos, en mi cerebro, la sensación de ligereza, el esponjamiento de mi piel. Me ha crecido la nariz. Puedo verla. Es de color amarillo cadmio. Aunque podría ser un efecto de la luz.

La Cámara Liberadora. Qué nombre tan apropiado. Tiene una tapa transparente que me permite ver el techo del laboratorio. Y en el techo una claraboya y compruebo que es de noche y la noche es una bombilla azul.

No siento molestia alguna.

Al rato, regreso al dulce sopor.

¿Cuántos días llevo aquí?

–Cinco.

Responde una voz dentro de mi cerebro.

8.

Floto en la oscuridad. Podría estar en el espacio exterior. Entre constelaciones. No hay ninguna diferencia entre el estado en que me encuentro y viajar por los espacios infinitos.

Vastedades inabarcables llenas de piedras, de gases, de gigantescas colisiones, de estallidos que no significan nada, que nada quieren decir.

Mi cuerpo nunca conocerá esos espacios, pero heme aquí, en ellos. Los espacios son órganos. Ahora podría estar dentro de un hígado. El hígado del Universo. La textura que me rodea es lisa y magenta y por dentro correosa. O podría estar en el aceitoso estómago de un pez. O en el fondo del mar. Millones de toneladas de agua sobre mi cabeza. O en la barriga de mi madre. O en un pozo estelar. O en un buche de semen.

En cualquier caso, son sensaciones agradables. No hay dolor.

A continuación, burbujas. Millones de pinchazos, o eso creo, en el pecho, en la cara, en la planta de los pies. La lengua que crece y se redondea, los párpados pesados.

Y un sabor nudoso en la boca.

9.

Ha transcurrido un mes. Estoy cómodamente instalado en mi habitación.

Z, según lo estipulado en el contrato, se ha ocupado de trasladarme a casa.

–Lo peor ha pasado, como solías decir en tus entretenidos novelones –bromea Z.

Sonrío.

Su tarea ha concluido.

Vendrá en las próximas semanas a monitorear la evolución. Pero lo principal ya está hecho.

La evolución será normal.

Estoy convencido.

Salvo que me siento hinchado y me duelen un poco las articulaciones, no experimento nada extraño.

Varios aparatos se encargan de suministrarme hormonas y otras drogas que contrarrestarán cualquier rechazo de mi sistema inmunológico. Si es que hay rechazos. No los habrá. Hace muchos años que el sistema inmunológico no es ningún problema para este tipo de intervenciones.

A través de la ventana veo el ciprés. Verde, apretado. La mimosa, amarilla, espesa.

¿Cómo me siento? Feliz.

Hace mucho tiempo que no me sentía tan feliz.

Al fin ha concluido la pesadilla.

10.

Estoy preparando el desayuno. Café con leche, una tostada, una lasca de pavo. Zumo de naranja. Todo de laboratorio, de la mejor calidad.

Una columna de hormigas avanza por la mesa.

Me inclino y las atrapo con la lengua. Que se ha afilado.

¡Cuánto se ha afilado!

Bien.

–Una señal muy positiva.

Eso me dice Z cuando se lo cuento, durante su primera visita.

–Una señal muy positiva.

Su larga nariz-cuerno luce un primoroso tono gris nacarado. Agita los primorosos bigotes de puro entusiasmo, de sano orgullo profesional.

11.

Pasan los días. Mando a levantar una valla más alta alrededor de la propiedad. Una valla sólida, tupida y compacta. Que garantice una absoluta privacidad. Derribarán la vieja, que de todas formas necesitaba alguna reparación.

He ordenado a los obreros, suelen ser vulgares y torpes, que tengan mucho cuidado con el jazmín, las buganvillas, la hiedra.

Los obreros vienen temprano, les tomará una semana levantar la nueva valla. Calculan. Miden. Que esos seres deambulen por mi espacio me produce un profundo malestar, pero he de soportarlo. Observo a los obreros, apostado tras la ventana. Se lo toman con calma. Tengo el menor contacto posible con ellos. El jefe del grupo es grande y tosco. Profiere obscenidades, ríe en voz alta, enseña los dientes manchados. Cabello pajizo. Siento mayor asco que antes cerca de mis congéneres. Qué detestable especie.

Buena señal.

–Buena señal –confirma Z cuando se lo cuento.

Son cuatro los obreros. Van de un lado a otro como engendros dóciles. Fuman. Un hábito asqueroso, afortunadamente casi desaparecido. Les he advertido que no quiero colillas en mi jardín. Me han prometido que las arrojarán en el depósito de basura, en la calle. La brisa trae el hedor del tabaco. Todo lo envilecemos, hasta la brisa. No son de aquí. Pero son de algún sitio. Yo no soy de ninguna parte. Una gran ventaja.

Uno de los obreros es alto, oscuro, de huesos grandes; otro tiene pinta de árabe; al tercero, ecuatoriano tal vez, o puede que rumano, le faltan dos dedos de la mano izquierda. El cuarto es un alambre retorcido. Cuando se agacha a la sombra de los árboles, parece una cucaracha. Mala comparación. Espero que me perdonen las cucarachas.

Los cuatro obreros van aplastados por un peso invisible. Conozco ese peso. Nunca lo he padecido, porque nací arrogante, pero lo conozco. Me basta mirar a alguien para saber si lo padece o no.

No hay nada como nacer arrogante. Te ahorra una enorme cantidad de porquería.

Qué incordio la gente. Siento un malestar físico de tan sólo mirarla. Un malestar que va en aumento.

Buena señal.

Es un pequeño precio a pagar. Cuando concluyan el trabajo aumentará mi tranquilidad.

Paz y privacidad es lo que necesito. Acelerarán el proceso, asegura Z.

Al séptimo día, terminan.

Viene a cobrar el tipo corpulento. Apesta. Tiene la mirada de un animal quebrado. Resignado. Pago en efectivo. Cuido que mi mano no entre en contacto con la suya. Lanzo los billetes en su extremidad abierta. Hace una mueca satisfecha, muestra los dientes carmelitas. Le asoman unos pelos por la nariz y las orejas. Lleva una gorra pringosa. Una gran mancha de café en la camisa. Cuando abre la boca expele el hedor típico de los fumadores. La nariz tachonada de sebosos puntos negros.

Termina de contar los billetes y me tiende la mano.

¿Pero qué se habrá creído?

Cierro la puerta y corro a vomitar en el fregadero.

En la pantalla, los veo salir.

Por fin.

Ahora la casa es una especie de fortaleza.

Z tiene una copia de mis llaves. De ahora en adelante sólo Z. podrá entrar.

12.

La nueva puerta es metálica. Color caramelo. Está provista de una cámara de vídeo que me permite ver a la gente que pasa por la calle. Desde mi posición, junto a la ventana, puedo abrirla apretando un botón.

Nunca lo hago. Nadie acude a mi puerta. Ya no necesito nada. Sólo esperar un poco.

Almacenado en el sótano, tengo los alimentos que necesitaré las próximas semanas.

He instalado la cámara a instancias de Z. Por si hay una emergencia.

No espero que haya emergencia alguna, pero venía estipulado en los documentos. Todo ha de hacerse legalmente, según las normas. Es lo correcto.

Hay una ranura en la puerta por la que el cartero arroja el correo.

Transcurridos algunos días, el correo forma un creciente montón.

Ayer me acerqué. Un ejército de babosas merodeaban. Se comen el papel.

No toqué nada. ¿Para qué?

13.

Mi vista se ha agudizado considerablemente.

Veo hormigas a veinte metros de distancia. Escarabajos entre el follaje. Larvas en los agujeros de los troncos. A veces voy hasta un árbol y, pasando la lengua por su superficie, atrapo algunas larvas. Blandas y jugosas.

Distingo cada grumo de tierra, cada tallo de hierba. Cada florecilla.

Donde está el huerto antes había una piscina. La mandé a rellenar poco después de mudarme. ¿Para qué quería una piscina? El agua estaba siempre fría. Podía bañarme dos o tres veces al año, en el mes de agosto. Una piscina en un lugar así es algo completamente absurdo.

Ahora crecen, en el espacio que ocupó la inútil piscina, espléndidos tomates, cebollas, rábanos, pimientos, coles, zanahorias, lechugas, patatas.

14.

Desempaqueto la rampa que unirá la terraza con la azotea. La ensamblo. Una tarea sencilla, que apenas me toma unos minutos.

Para elevarla, uso una polea. La dejo instalada.

¿Tengo los brazos más largos?

Conservan su fuerza y sus articulaciones tradicionales, aunque noto que las muñecas son, cada día que pasa, más rígidas. Bultos en la piel. Alineados, simétricos. Más pequeños en el cuello y el pecho, mayores en los brazos y en las nalgas.

Mi imagen en el espejo es más ahusada. Algo está pasando en mi columna vertebral, pero no podría determinar con exactitud qué. La nariz continúa creciendo. ¿O se funde con el labio superior? ¿Tengo labios? Sí, todavía tengo labios.

La rampa me permitirá un acceso fácil y cómodo a la azotea. He decidido pasar los últimos días en la terraza.

Tal vez, dice Z, atraviese un breve período de desorientación, en el que resulte difícil coordinar mis movimientos. No quiero alcanzar mi nueva percepción del mundo dentro de la casa. Puede ser problemático. La casa se convertirá en un lugar extraño, que ya no sabré interpretar.

Es mejor que esté arriba, cerca del cielo, cuando llegue el momento.

15.

Transcurren varias semanas. La liberación sigue su curso.

La lengua es casi un estilete, flexible y agudo. Un fleje. Su superficie es áspera y tiene un utilísimo canalón por el que se deslizan las hormigas, a las que ya no dejo escapar.

Las hormigas exhalan una nube almizclada, aromática.

Los labios ya no son labios. Han adquirido un tono chillón, anaranjado.

He perdido todo el cabello. El cráneo se ha llenado también de pequeñas protuberancias. Las del resto del cuerpo han crecido, las de brazos y nalgas sobre todo, y son duras al tacto: algo en ellas está a punto de brotar.

El tacto. Estoy perdiendo el tacto. ¿Dónde están mis dedos?

Tengo los brazos más largos. Definitivamente. Mis pies también han comenzado a cambiar.

Me crecen poderosos músculos bajo las axilas.

Mi cuerpo ha menguado y se hace ligero.

16.

Las noches, tranquilas.

Ni rastro de las horribles pesadillas que, con frecuencia, padecía.

Ocasionalmente, sueño. Agradables sueños: Camino por la ciudad. Una ciudad europea, moderna, bulliciosa. Las multitudes entran y salen de las tiendas, de los bancos, de los cafés. Acaricio la pistola que llevo en el bolsillo. Tomo un taxi e indico una dirección. El taxista es de esos que no paran de hablar. No le respondo, a ver si se calla, pero no lo hace. Eso sella su destino. Sigue hablando de esto y de lo otro. Cuando ya no puedo aguantarlo más le ordeno que se detenga. Saco la pistola y le disparo en la parte posterior de la cabeza.

Al final de la avenida hay un hermoso bosque.

Despertares alegres, llenos de energía.

17.

Ladeo la cabeza. Acerco la boca al recipiente.
Aspiro.
La mayor parte del agua cae sobre la mesa.
Efectivamente, he menguado.
Medía 1.80, ahora 1.20.
Marco la altura con un lápiz en la pared. Cuesta trabajo, casi no tengo dedos.
Mi color es más claro, de un blanco lechoso.
Ya no mastico los alimentos. Los engullo y punto. Rápido. Algo le ha pasado a mi mandíbula. ¡Qué tono escarlata!
Los ojos se redondean.
La punta de mis extremidades superiores roza el suelo.
Intento leer.

18.

Z está aquí. Estoy tendido en la cama. Me examina. Su rostro expresa una gran satisfacción. Mide, ausculta, mide, escruta a través de la piel, tantea, comprueba, pesa y anota.

Sonríe.

—¡Excelente! —exclama.

Yo lo observo admirado.

Su nariz-cuerno es ahora un hueso eréctil y niquelado, salpicado de espléndidas vetas color gris perla. El dibujo que forman las vetas es delicado; musical, podría decirse. Los acerados bigotes superan en extensión y elegancia los de un león marino, en los que se inspiran. La pulpa violeta de sus labios late como un corazón abisal.

El contraste entre los elementos marinos y las orejas de zorro, pardas y puntiagudas, y la metálica crin del cabello es indescriptiblemente bello.

La piel del rostro, por otra parte, es tersa y delicada como la de un bebé.

Desde la última vez que nos vimos, Z ha crecido, al menos, veinte centímetros. Su figura es imponente.

Es asombrosa la creatividad de Z. No se conforma con alcanzar las metas inicialmente trazadas. Como un verdadero artista, busca sin cesar nuevos horizontes.

Pero sus búsquedas son estéticas.

Por el momento, me ha dicho, le interesa seguir vinculado a la humanidad. Una decisión respetable, pero difícil de comprender en un ser de su talento.

Z recomienda que de ahora en lo adelante permanezca desnudo. La ropa, a partir de este momento, no será más que un estorbo, afirma. Tiene razón. La transformación está muy avanzada. Mis camisas y pantalones parecen los de un gigante. He colocado un montón sobre la cama y sobre ellos me acomodo a la hora de dormir. Dada la forma que han adquirido mis piernas, resulta más cómodo dormir sentado, recostado en la panza y el pecho.

Si me tiendo, no consigo conciliar el sueño. No paso frío. Una película gruesa y suave cubre mi cuerpo. Meto la cabeza bajo el brazo y me siento bien, protegido. Creo que el cuello ha aumentado su longitud. O tal vez ha enflaquecido.

–Excelente, excelente –no deja de repetir Z.

Todo marcha según lo previsto.

Firmo los documentos que legan todos mis bienes y los derechos de mis libros a una prestigiosa asociación protectora de animales. Excepto una parte, que se dedicará a financiar el trabajo de Z.

19.

Antes de irse, Z ha instalado cámaras en varios puntos de la casa. A partir de ahora monitoreará la situación desde su laboratorio.

A no ser que sea estrictamente necesario, no volveremos a vernos.

20.

Los colores del cielo son más densos. Me aproximo a trompicones, dando pequeños saltos que cada vez son más coordinados, hasta el aparato.

Aprieto los botones con los labios que ya no son labios sino útiles palas córneas.

La música brota y se abre paso.

El horizonte es rojo.

Acomodado, ¿posado?, junto a la ventana contemplo el jardín, la frenética actividad de los pájaros y los insectos, los destellos del sol en las ramas y en los tejados.

Cierro los ojos.

¿Qué pasará con la música? ¿Podré escucharla? Sí. Pero de otra manera.

Mejor. Todo será lo que es. Sin falaces elucubraciones.

La música sale por la ventana, flota y se aleja en el viento.

21.

Las muebles crecen. Si no fuese porque he ganado mucho en ligereza no podría subirme a la cama.

Ya no uso la nevera. Ni el inodoro, ni el lavabo.

Cada vez con mayor frecuencia, permanezco largo rato sin pensar en nada. Es como si el pensamiento atravesara zonas de vacío. Lo agradezco. Mi cerebro siempre ha sido un perpetuo torbellino.

Los pies han cambiado notablemente. Mis uñas se alargan y encorvan. Atraviesan las sábanas. A la hora de acostarme los enfundo en gruesos calcetines.

22.

Los bosques, las colinas azules. Paso mucho tiempo inmóvil, contemplándolas. Hay una nueva relación entre mi nuevo cuerpo y los bosques y colinas.

También tengo una nueva relación con mi jardín. Reacciono al trasegar de los insectos y al invisible horadar de las lombrices bajo la tierra. Mis ¿brazos? tiemblan.

Miro el cielo morado y el amarillo resplandor de la ciudad en la distancia.

23.

Al caer la noche me arden los ojos. Un picor considerablemente molesto. Atrapo una toalla con las palas de la boca. Un movimiento cada vez más enérgico, más fluido. Manipulo el grifo. Empapo la toalla de agua helada y aprieto contra ella un ojo primero, luego el otro. El alivio es inmediato.

Ya están perfectamente definidos los anillos oculares.

No debe inquietarme el picor. Ya Z me advirtió. Es un síntoma positivo.

Bajo al jardín. Es muy tarde. Sostengo con precariedad la linterna. Enfoco los parterres abandonados. Tomates podridos. Zanahorias semienterradas. Escarabajos de la patata. Olivas caídas. Trago algunas. El naranja calcáreo que cubre mis piernas a la luz de la linterna. Donde tuve el talón crece un dedo acorazado.

Paso largo rato frente al rosal.

24.

Examino mis brazos, noto las protuberancias. También cubren mi espalda. Las contemplo largo rato en el espejo. Son regulares y en su interior se gesta una sombra a punto de brotar. Hay protuberancias pequeñas y grandes. La movilidad del cuello ha aumentado. Como si tuviera más vértebras. Es práctico y agradable.

Lo que veo en la superficie del espejo soy yo pero apenas tiene que ver conmigo, tal como me recuerdo.

Me siento eufórico.

25.

La mujer oprime el timbre repetidamente. Tardo algún tiempo en reconocerla. En la pantalla, tiene el cabello largo y ondulado.

¿Qué hace aquí? Es imposible que se haya enterado de mi próxima partida. Z es absolutamente respetuoso del secreto profesional. Jamás violaría las normas del contrato.

Hace muchos años que no la veo. La observo. Estoy acuclillado sobre la mesa. Ladeo la cabeza. No ha envejecido. Sigue siendo muy hermosa. Su espesa cabellera negra. Sus grandes ojos almendrados. Su nariz griega y su boca sensual. Mira hacia la ventana pero no puede verme. La casa permanece a oscuras. Hace días que no enciendo la luz.

Antes, esa mujer y yo vivimos juntos. Hace tiempo, antes de que empezara a entender la vida.

Pobre mujer. No teníamos futuro. Ningún amor humano lo tiene.

¿Y por qué empeñarse en algo condenado a acabar mal?

Después de un rato, la mujer se aburre de tocar el timbre y se marcha.

26.

La visita de la mujer me produce cierta inquietud. No entiendo por qué. Ya no la recordaba. Pero su inesperada presencia ha alterado mi estado de ánimo.

No recuerdo la noche, pero ya es de día.

Me acomodo cerca de la entrada principal, sobre una piedra. Al sol.

Hace mucho tiempo, vienen las imágenes a mi memoria, paseamos junto al mar. Esta mujer y yo. Ella tomaba mi mano. Yo acariciaba su espalda. Las imágenes flotan en una corriente carente de emociones. Ella creía que no podía vivir sin mí. Yo estaba convencido de que no podría vivir sin ella. Las huellas en la arena. Gaviotas haciendo equilibrios sobre sus cabezas. Ellos.

Los recuerdo.

Después la perdí y me perdió como todo se pierde.

27.

No puedo sostener el libro. Ni pasar las páginas. Qué lástima. Será mi último libro. *Papá Goriot*, de Honoré de Balzac. Ya lo he leído antes. Hace años que no leo libros que no haya leído alguna vez.

Los libros son los únicos seres a los que he sido fiel y me han sido fieles.

Lamento perderlos.

Papá Goriot.

Si a donde voy fuera posible sentir nostalgia, sentiría nostalgia de los libros.

28.

Hoy me ha salido la primera pluma. Gris. Ocre. Negra. Es sólo un brote pegajoso. Destaca en el hombro, o donde antes estuvo el hombro. A su alrededor, suaves y diminutos plumones.

Las manos han desaparecido. Mis brazos, o lo que fueron mis brazos, poseen fuertes tendones y terminan en puntas rugosas.

Toda mi piel eclosiona.

A los dedos de los pies, que ahora son cuatro, uno en el talón, le han salido garras. Pulidas y agudas. Son fantásticas.

Ya no tengo orejas.

29.

Picoteo en la alacena algunos alimentos empaquetados. Harina, cereales, azúcar, una morcilla colgada de un clavo.

Salgo al jardín. Gracias a que mi pico ha alcanzado todo su esplendor, escarbo hasta encontrar algunas lombrices, atrapo una mariposa al vuelo soy extremadamente ágil, levanto piedras con el pico y doy buena cuenta de babosas y otros insectos.

No doy ninguna importancia a los sabores.

30.

El cuerpo es más o menos lo que va a ser. Pero el cerebro está casi intacto. Creo. Eso cambiará pronto. Y este cambio será el fundamental. Ansío el arribo de la falta de conciencia.

Qué horror, ser.

Días después, siento por primera vez la descarga en la cabeza. Quedo a oscuras un rato. Veo el mundo, pero es otra cosa. Lo veo sin nombrarlo. Sin adjuntarle significado a las cosas o a los seres que lo componen. El escozor desciende y se acumula detrás de los ojos. Z me advirtió de que sucedería. Es normal.

Ah, cuántas plumas.

31.

Lo que llaman alma va desapareciendo. A fin de cuentas, parece que era poco más que una palabra.

Chisporroteos: la calle del barrio donde nací, el rostro de mi madre, el olor de una mujer, posiblemente la que tocó el timbre hace poco; un mar tibio en alguna parte. Nombres.

32.

Me he instalado en la terraza hace ya varios días. Casi al pie de la rampa que me llevará a la azotea. Encima el cielo es morado y espeso y se hace azul de prusia hacia el amanecer. Detrás de las colinas la luz de la ciudad es un trozo de celofán. Algo sintético. Siento mi piel elástica y caliente y las plumas de mis alas, qué elegantes y poderosas.

Los espacio oscuros en mi cerebro se amplían y amenazan con ocuparlo completamente. Digo espacios oscuros pero no lo son, lo que sucede es que se desvanece mi capacidad de definir. Como los espacios corresponden a mi nueva naturaleza ya no soy capaz de describirlos. Ya no soy capaz de narrar.

33.

Ha llegado el momento. El pensar, el decir, se extinguen. Por fin. Aún acuden las palabras. Pero necesito un esfuerzo enorme para hilvanar una frase. Una frase que ya no puedo pronunciar.

Palabras, fragmentos, sonidos.

Mi corazón está lleno de dicha.

34.

Pensé que sería diferente. Pero no. Es como debe ser.

Los humanos, siempre tan dados a lo trágico. A lo melodramático.

¿Qué siento?

Alivio, alivio, alivio...

35.

Trepo por la rampa hasta la azotea. Resuelto y vigoroso. Perfecta coordinación e impecable armonía de mis ligeros huesos y mis poderosos músculos. Salgo a la azotea. Atardece, el cielo es blando y parejo. Mi mirada es de una precisión estelar.

Los techos de algunas casas, las copas de los árboles, los prados en la distancia.

Picoteo la madera primero, toc toc toc, a continuación hurgo debajo de las alas. Levanto la cola. Tengo ya todas las plumas. Qué ligereza. Mi pico es una obra de arte. No, no lo es. Qué estúpida idea. Mis garras, al rozar las tejas, resuenan cristalinas.

Ha llegado el momento. Los últimos vestigios de humanidad se disipan como una voluta de humo en el viento. Dirijo los últimos destellos de mi conciencia al pasado, a lo que fui. No hay sino pérdida y dolor. ¿Qué iba a haber? Una avalancha de impulsos como órdenes químicas, eléctricas ¡son órdenes químicas, eléctricas! se apodera de lo que queda de mí: lo borran.

Entonces despliega sus alas.